四重奏《カルテット》デイズ

横田明子 作

四重奏《カルテット》デイズ

もくじ

装画・挿画　熊本奈津子
装幀　梅井靖子（フレーズ）

1. 初もうでとシュトーレン

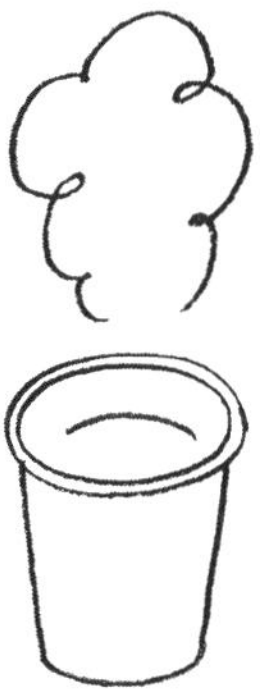

一月一日。

杉山《すぎやま》神社の急な石段《いしだん》には、さっきから初もうでの行列が続いている。

なかなか進まない列の真ん中あたりに、オレたち四人は並《なら》んでいた。オレの横で光平《こうへい》が、首をすくめたまま、小きざみに走るかっこうで手足を動かし、白い息を吐《は》く。

「さぶっ、まだかよ」

「やけに人が多いな」

オレの吐く息も、ドライアイスから立ちのぼる煙《けむり》のように真っ白だ。

毎年お参りに来ていたけど、こんなに混《こ》んでいて、しかもこんなに寒いのは、あまりなかったような気がする。雲がどんよりと一面に垂《た》れこめている冬空から、いつ雪が舞《ま》ってきてもおかしくない感じだ。階段の両脇《りょうわき》に等間隔《とうかんかく》で立ちならぶ『杉山神社』と白く染《そ》めぬかれた紫《むらさき》色ののぼりも、しんと凍《こご》える空気の中で、どれもが身をすくめている。

「早くあったまりてえ。先に甘酒《あまざけ》飲《の》もうぜ」

あまりの寒さにしびれを切らした光平《こうへい》に、マイちゃんと横並《よこなら》びで立っている彩音《あやね》が、ひとつ下の段《だん》から声をあげた。

「だーめ。ちゃんとおまいりをしてからだよ、ねえマイ」

「うん。でも、あたしも……」

言いかけたマイちゃんを、彩音はさえぎった。

「ここはね。勝利の神さまのヤマトタケルとオトタチバナ姫《ひめ》がまつられているの。男女ふたりの神さまだから、縁結《えんむす》びの神社でもあるんだよ。タカくんも、もちろん光平も、知ってるよね」

早口でまくしたてたかと思うと、光平めがけて熱い視線《しせん》をビビッと送った。

彩音は、昔から光平のことが大好きなんだ。もっとも、光平のほうは、彩音をおさななじみとしか思っていないふうだけど。

「ねえ光平。おみくじは、去年、凶《きょう》なんか出ちゃったから引かないけど、縁結びのお守りは買おうね。今年は六年になるし」

「それと、どういう関係があるわけ？」

「だって、十二歳《さい》になるんだもん。大人の階段《かいだん》をのぼりはじめる時だよ。だから、あたしたちも将来《しょうらい》を見きわめて……」

「意味わかんねえ。のぼるのは石段だし。とにかく甘酒だ」

「だーめ。おまいり」

オレにはいつも聞きなれた光平と彩音のかけ合いだけど、マイちゃんは、クスッと笑った。ポニーテールがかすかに揺《ゆ》れる。

「おまいりも甘酒も、楽しみ」

「それはそうだね。マイには、ひさしぶりの日本でのお正月だもんね」

彩音が、あいづちをうったので、オレも、そうか、と気がついた。

マイちゃんは、五歳の時から、お父さんの仕事の関係でドイツに住んでいたけど、去年の秋、日本へ帰国し、九月にオレたちの学校へ転校してきた。彩音と同じ五年二組だ。この小さな町では、ドイツ帰り、いわゆる帰国子女なんてそうそういないから、教室では、みんながマイちゃんに注目した。

「吉野《よしの》マイです。ドイツから来ました。よろしくおねがいします」

あいさつをしたマイちゃんに、さっそくいろいろな質問《しつもん》がとんだ。

「ドイツって、どこにあるの？」

「ヨーロッパです。フランスやオランダとか、全部で九つの国と国境《こっきょう》を接《せっ》しています」

「そんなに？　それって、どんな国？」

「ベルギーとルクセンブルク、デンマーク、オーストリア、スイス、ポーランド、それとチェコです」

よどみなく国の名前をあげたマイちゃんに、教室が、どよめいた。

「じゃあ、ドイツの首都《しゅと》はどこ？」

「ベルリンです」

「吉野《よしの》さん、そこに住んでたの？」

「わたしが住んでいたのは、ケルン市。ドイツの真ん中よりもちょっと西にある町です」

「ドイツ語、しゃべれるの？」

「あんまり得意《とくい》ではないけど、五歳《さい》から住んでいたので一応《いちおう》はしゃべれます」

どの質問《しつもん》にも、とてもおちついて、しかもはきはきと受け答えをするマイちゃんに、みんなは、いちいち目をまるくした。彩音《あやね》も、びっくりしたそうだ。

「すごく大人っぽいの。なんでもできそうな、きりっとした子って感じ」

持ち前のお世話好きを発揮《はっき》しようと、転校生を待《ま》ちかまえていた彩音だったけど、それこそよけいなお世話だと思いなおしたようだ。クラスの子たちも、はじめはなんとなく遠《とお》巻《ま》きにして、マイちゃんをながめていたらしい。

そんなマイちゃんに近づいたのは、クラスの中心的女子のグループだった。頭がよさそうで、大人っぽいイメージが、自分たちに合うって思ったのかもしれない。秋の遠足の前、積極的《せっきょくてき》にみんなで声をかけてきた。

「吉野さん、あたしたちのグループにおいでよ」

「いいの？　ありがとう」

マイちゃんも、うれしかったようだ。それはそうだ。遠足で、ぼっちはつらい。

遠足は、オレたちの町から、急行電車で四十分くらいのところにあるT渓谷《けいこく》まで行った。駅に着くと、各クラス、グループごとに、自動車道から山道へと入り、見晴らし台を目指して歩きだした。紅葉《こうよう》にはまだ早かったけど、山の奥《おく》にある滝《たき》へ続く川の音が涼《すず》しげで、空気も少しひんやりとしていた。

ドイツからの転校生のことはオレも彩音から聞いていた。ぞろぞろと続く列の前のほうに、ポニーテールの見なれない女の子が、ちらちら見えた時は、「ああ、あの子か」とわかった。

木々が生い茂《しげ》る山道を抜《ぬ》けると、見晴らし台に出た。汗《あせ》をかいた体に、目の前で水しぶきをあげる滝からの風が吹《ふ》きぬける。真っ青な空の下で食べるお弁当《べんとう》は最高だった。空気もおいしいし、もう満腹《まんぷく》だ。と言いつつ、友だちとお菓子《かし》を交換《こうかん》して、オレはぱくついた。

マイちゃんも、持っていったチョコレートをグループの子たちに配っていて、「うちにたくさんあったから持ってきたの。よかったら、もっと食べて」と、さらに勧《すす》めたそうだ。

とたん、その場の空気が、みるみるうちによどんできたらしい。

「ふうん……」「うちにたくさんあるんだ」「これって、すごーく高級なチョコだよね」

意味ありげな反応《はんのう》と視線《しせん》が行き交ったと思ったら、マイちゃんは、高級なチョコを持ってきてひけらかす目立ちたがり屋の転校生って、ひそひそささやかれるようになった。どうやら、それは、ドイツの有名なチョコレート会社の高級ブランドチョコだったらしい。しかも、転校してきた日のことまで、ほじくり返された。あの時、いろいろと答えたのを「知ったかぶり」みたいに言われてしまったようだ。そんなことで、どうしてそうなるのか、オレにはまるで見当もつかないけど。マイちゃんは、遠足のあと、クラスで浮《う》いた存在《そんざい》になってしまった――。

それで、彩音《あやね》のほっとけない虫がさわぎだした。

「みんなが喜《よろこ》ぶと思って、持っていっただけだし、最初の日だって、きかれたから答えただけじゃない。なのに、仲間はずれにするなんて。まったくもう、ありえない。マイちゃん、全然気にすることないからね。あたし、あの子たちに言っといたから」

ほんとにそうだ。ほんのささいなことで、仲よくなりかけていた関係がくずれてしまうのは、全然理解《りかい》できない。どうして、悪口なんか言うんだろう。オレも、そういうのは、断然苦手《だんぜんにがて》なほうだ。

「女子って、ほんと、めんどうだよねぇ。男子も、いろいろあるとは思うけど」

顔をしかめた彩音に、じゃあ、彩音は女子じゃないの?とかきいたらゼッタイににらまれるけど、彩音が休み時間に、気ままに教室をとびだしてオレたちとつるむのは、そんなわけもあるのかもしれない。

マイちゃんは、彩音の言葉にほっとしたんだと思う。彩音といっしょにいるようになって、うちとけるのに、時間はかからなかった。

ちょっとポッチャリで、さばさばと明るい性格《せいかく》の彩音と、スラッとしておしとやかなマイちゃん。みかけも性格もまるでちがうふたりだったけど、すぐに共通点がみつかった。

ふたりとも、ピアノを習っていたんだ。

「あたしとはちがって、かなりのレベルみたいだよ」

じつは、オレも、四歳《さい》からピアノを習っているので興味《きょうみ》をひかれた。マイちゃんは、どこのピアノ教室に行くんだろうと思っていたら、なんと、オレと彩音と同じく『山本響子《きょうこ》ピアノ教室』、つまり、彩音のママの教室に入ってきた。

「とても筋《すじ》のいい、楽しみな子が入ってきたわ」

響子《きょうこ》先生が喜《よろこ》んでいたって、彩音《あやね》から聞いた。

レベルを見きわめる上でマイちゃんに、ベートーベンの『月光』を試しに弾《ひ》いてもらったら、みごとに弾きこなしたそうだ。音高受験《じゅけん》レベルの曲だ。

「ドイツで、基礎《きそ》から徹底《てってい》して教わったのね。譜面《ふめん》を正確《せいかく》にとらえて、いい耳をしている。ていねいに弾けていて、技術《ぎじゅつ》レベルも高い。将来《しょうらい》が楽しみだわ」

先生がそこまで言うんだから、きっと、相当上手いんだろう。ドイツへは、日本からもたくさんの音大生が留学《りゅうがく》するっていう。そんな国で習っていただけのことはある。


そんなこんなで、今年は、彩音がマイちゃんをおまいりに誘《さそ》った。毎年恒例《こうれい》で来ていた光平《こうへい》と彩音とオレの三人の初もうでは、四人になった。

彩音はマイちゃんと家が同じ方向なので、登下校もいっしょだし、光平もいつもの調子であっけらかんとしている。だけど、オレには、この初もうでが、ぎこちなく思えてならなかった。といっても、いやだってことではない。

彩音とはまるで正反対のマイちゃんのおちつきはらった雰囲気《ふんいき》に、きっと慣《な》れていないせいだろう。ていうか、ピアノが上手いっていうのが、オレとはほど遠い感じがして、なんとなくとっつきにくいのかもしれない。

おまいりの列が急に早く進みだした。つられるようにオレたちも、神社の石段《いしだん》をひとつ、ふたつとのぼっていった。平坦《へいたん》な参道《さんどう》に出て、鳥居《とりい》をくぐると、本堂《ほんどう》の手前、少し右のほうに、どっしりと枝《えだ》を広げる松の木が見えてきた。

杉山《すぎやま》神社は、古くからここにある鎮守《ちんじゅ》さまだ。今は、住宅《じゅうたく》だらけになったこのあたりに残る、雑木林《ぞうきばやし》におおわれた低い小山の中ほどにある。二学期の初めに行った地元探検《たんけん》の校外学習で習った『郷土《きょうど》の歴史《れきし》』によれば、杉の木が生えているから「杉山」というのではなく、「森」の意味らしい。昔は田んぼや畑が広がっていたこの地方で、水を育む森の守り神として、神社が建てられたそうだ（彩音は、縁結《えんむす》びばかり強調しているけど）。生えている木は、ほとんどがクヌギやカシワなどの広葉樹《こうようじゅ》だ。春には芽吹《めぶ》き、冬には葉っぱを落とす。

そんな中で、松の木はめずらしかったので『ご神木《しんぼく》』になった。まわりは、木の柵《さく》で囲《かこ》われているし、幹《みき》には、お正月用の真新しいしめ縄《なわ》がぐるりとまかれ、枝を支《ささ》える渡《わた》し木も添《そ》えられている。本堂の屋根《やね》と同じくらい高い木だ。

「おー、おぬし。あいかわらず、いい枝ぶりだのう」

白い息をはずませて声をかけた光平《こうへい》と松の木を、マイちゃんが不思議そうに見くらべたので、彩音《あやね》がすぐに話した。

「光平たちが初めて木登りしたのがこの木なんだよ。確《たし》か、小一くらいの時だったよね。ご神木《しんぼく》なのに、ふたりで登っちゃったんだから、どうしようもないよね」

「自分が陸上に目ざめたのも、ここから神さまのパワーをもらったおかげなんだぜ」

胸《むね》を張《は》る光平に、つい、オレはつけたした。

「何度も登りに来てたら、神社の人にみつかって、さんざんしかられて」

「そうそう。タカは、神社のおじさんがこわいよー、って、わんわん泣いちゃってさ」

「おい、よけいなこと言うな」

やぶへびだった。うろたえたら、マイちゃんに、ふふっと笑われた。

「けっこう泣き虫だったんだ。でも、思い出の木なんだね」

「ま、まあね」

う。泣き虫だったんだろうか、オレ。やっぱりなんだか調子がくるう。

一本松の先に《お清めどころ》が見えた。前にいる人たちが、ひしゃくで水をすくい、手にかけ、口をゆすいでいる。

ところが、マイちゃんは、その前をさっさと通りすぎてしまったんだ。

「あ、マイ。ここで手をあらわなきゃ」

声をかけた彩音に、マイちゃんは、ふりむいた。

「え、どうして？」

「神さまにおまいりする前は、手や口を清めるんだよ」

「そうなんだ……。でもごめん。ちょっと無理」

マイちゃんは、一瞬《いっしゅん》、自分の手ぶくろに目を落とした。

「あ、そうか」

彩音がすぐに納得《なっとく》したので、オレは思わずきいた。

「なんで？」

「ピアノだよ。マイは指を大切にしているの。冷やしちゃだめなの。ドイツの冬はすごく寒いから、先生からも気をつけるようにいつも言われてたんだって。それに、突《つ》き指をしないように、体育のバレーボールなんかの球技《きゅうぎ》は見学してるくらいだしねえ」

「へええ。そこまでケアしてるんだ」

オレは、意表をつかれた。そんな子を見たのは初めてだ。マイちゃんは、本気でピアノに取りくんでいる。あの赤い手ぶくろも、ただ寒いからはめているわけじゃない。ピアノを弾《ひ》く指を護《まも》るためのものだった。

内心、かなりの衝撃《しょうげき》を受けながら、オレは彩音《あやね》と光平《こうへい》といっしょに、ひしゃくですくった真冬の水で手をあらい、口をゆすいだ。鈴《すず》の音やさい銭箱《せんばこ》にお金が入る音がひっきりなしに響《ひび》く中、マイちゃんの指のことを考えながら、歩いていった。やっとお社の前まで来た。

じゃらじゃらと古い大きな鈴を揺《ゆ》する。どっしりとした古めかしいさい銭箱に五円玉を投げ入れる。目を閉《と》じて、神さまに手を合わせた。

——今年も無事に元気に過《す》ごせますように。

いつもならこれだけで終わるんだけど、今年はそれだけではすまなかった。

——オレはピアノとどんなふうに向きあえばいいんだろうか。

じつはオレ、ついこの間、母さんから言われたんだ。

「タカ。ピアノだけどね。最近はろくに練習もしていないでしょう。うちのピアノのふたがあくのを見たことがないわ。いったい、どういうつもりなの？　やる気がないなら、ゆずろうと思っているのよ」

そう言うと、北海道に住んでいるいとこの名前をあげた。いつだったか法事《ほうじ》のことでおばさんと電話をした時に話が出たらしい。いとこが、将来《しょうらい》のことを考えて、本格的《ほんかくてき》にピアノをやりたいと言っているのだそうだ。

「考えておいてね」

突然《とつぜん》、ふってきた話に、オレがすぐに答えられるはずがなかった。

黒いアップライトピアノは、オレが四歳《さい》の時から、ずっとうちにある。ずっと習っていたし、それがあたりまえで今までずっと来たわけで、うちのピアノがどこかへ行くなんて、想像《そうぞう》もしたことがなかった。

母さんたら、なんでいきなりそんなことを言いだすんだよ。オレは、ピアノがいやとは言ってないぞ。

初めはおどろいたけど、考えてみたら、最近は、練習も気が乗らずに、いつもぶっつけ本番でレッスンに行っている。幼稚園《ようちえん》の時からずうっとオレにくっついてきた修飾語《しゅうしょくご》《ピアノを習っているタカくん》は、今や名ばかりなのは認《みと》めざるを得《え》なかった。

ピアノをゆずる、イコール、ピアノをやめる。そんなこと、できるのか？

なさけない話だけど、オレ自身の中途半端《ちゅうとはんぱ》な心があぶりだされてしまった。

それに比《くら》べて、みんなはきっと、はっきりと神さまになにかお願《ねが》いしたんだろう。

「なにお願いした？」

おまいりを終えて、甘酒《あまざけ》へとダッシュしかけていた光平にきいたら即答《そくとう》だった。

「決まってるじゃん。一流のアスリートになれますように！」

マイちゃんをつれて、甘酒《あまざけ》のテントへ行ってしまった。

「一流のアスリートかあ。カッコいい！　さすが、あたしの光平《こうへい》」

熱い視線《しせん》を送る彩音《あやね》にもきいてみた。

「それはもちろん。光平が今度の試合で勝ちますように。光平と結ばれますように」

スラスラと並《なら》べた答えに、思わず納得《なっとく》したら、彩音は、ぼそっとつけたした。

「……あとは、ピアノのことをちょっと、ね」

「え？　ピアノ？」

聞きかえしたが、彩音は、そのままお守り売り場へまっしぐら。オレも、あたふたとついていった。

《家内安全》《身体健康》《交通安全》《学業成就《がくぎょうじょうじゅ》》……。台の上には、色とりどりのご利《り》益祈願《えききがん》のお守りが、ずらりと顔をそろえている。

「これ、ください」

彩音は迷《まよ》わず、小さな箱《はこ》の中におさめられたペアの《縁結《えんむす》び》に手をのばした。

「タカくんは、お守り買わないの？」

「オレはだいじょうぶ」

なにがだいじょうぶなんだか。さりげなくかわしてごまかしたけど。

そこへ、光平とマイちゃんが湯気をたててやってきた。いや、湯気がたっているのは甘酒の紙コップで、マイちゃんが手わたしてくれた。

やっぱり、この神社の甘酒はおいしい。体じゅうをあたたかさがぽかぽかとめぐり、さっき神さまの前で宙《ちゅう》ぶらりんになっていた気持ちを一瞬《いっしゅん》、押《お》しながしてくれた。

マイちゃんも、手ぶくろをはめた両手で紙コップを包《つつ》み、ふうふうしながらおいしそうに飲《の》んでいる。そのうでに、場ちがいな感じでぶらさがっているカラフルな紙ぶくろが、さっきから気になっていたので、オレは思いきってきいてみた。

「それ、なんなの？」

「あ。これはおやつ。ママから渡《わた》されたの。みんなで食べてね、って」

「いいねえ。早く食べようぜ」

光平が目を輝《かがや》かせた。お守りをゲットしてごきげんな彩音も、あたりを見まわした。

「どこで食べようか」

小山の上にあり、まわりを木に囲《かこ》まれた神社の境内《けいだい》は、あまり広くない。玉砂利《たまじゃり》を踏《ふ》むたくさんの人たちがひっきりなしに行き交っている。おみくじを枝《えだ》に結んでいる着物を着た若《わか》いカップルや、絵馬《えま》を持って、お堂《どう》の脇《わき》にしつらえられた絵馬掛《か》けの場所に急ぐ制服《せいふく》姿《すがた》の女子高生や高校生たち。破魔矢《はまや》を握《にぎ》ってかけまわる低学年くらいの男の子。よちよち歩きの小さな孫《まご》の手をひくおじいちゃんやおばあちゃんたち……。

その人たちの間をぬうようにして、彩音《あやね》が、甘酒《あまざけ》をふるまうテントの前を指さした。

「あそこが空いたっ」

オレたちは、ドラム缶《かん》のたき火のまわりにおかれた木のベンチにすわり、火を囲《かこ》んだ。

「はい、どうぞ」

マイちゃんが、カラフルな紙ぶくろの中から、きれいにラッピングされたお菓子《かし》をひときれずつ取りだして、オレたちに配ってくれた。

薄紙《うすがみ》から出てきたものは、太ったフランスパンを三センチくらいに切りわけた形のもので、ドライフルーツとかも混《ま》ざっている。パウンドケーキにも似《に》ているけど、まわりには粉砂糖《こなざとう》がかかっていて、ちょっとした固さがある。

「シュトーレン。クリスマスのお菓子だよ。ドイツでは、ケーキもパン屋さんで売ってるの……。ええと、その、自慢《じまん》したくて持ってきたわけじゃなくて、ママが、おいしいから、どうしても持っていきなさいって……」

口ごもるマイちゃんの言葉を、彩音が明るくつないだ。

「あたしたちが、そんなふうに思うわけないでしょ。それより、クリスマスはとっくに終わってるんですけど。シュトーレンて、そんなに長持ちするの？」

「焼いてから、しばらく寝《ね》かせたほうがおいしくなるんだって。ママったら、仕事で忙《いそが》しいくせに、これだけは毎年作るんだよね」

「すげえ。うちの母ちゃんも働いてるけど、こんなシャレたもん、ゼッタイ作れねえ」

「ひとりではりきって、お正月用にも作ってた。これはちょうど食べごろなんだって」

「ケーキに食べごろなんて、おもしろいね。では、いただきまーす」

彩音はほっぺたをおさえた。

「おいしいーっ。ヘンゼルとグレーテルに出てくるケーキの味がする」

「なんだよ、そんなケーキ食べたことあるのかよ」

光平《こうへい》も、ぶつくさ言いながらぱくついたとたん、声をあげた。

「やべえっ。メルヘンだ」

「でしょでしょ。ほら、タカくんも食べなよ」

彩音にうながされて、ひと口食べたら、同感だった。白い粉砂糖をまとったシュトーレンは、さっくりほろりと口の中で甘《あま》くとけていく。

「マジうまい。グリム童話って感じだな」

三人で、ドイツっぽい気分を味わっているのに、マイちゃんだけもてあましたようにシュトーレンをながめている。

「食べないの？」

「あたしはもう、家でさんざん食べてるから」

マイちゃんがため息をついた時だ。ふと、人の気配《けはい》を感じた。

近づいてきたのは、杉山《すぎやま》神社のはっぴを着たおじいさんだ。

「あ、どうぞ」

彩音《あやね》が気をきかせ、少しずれて席《せき》を空けようとしたのに、おじいさんは首をふった。

「いやいや、気にしないで。火にあたりたいわけじゃないから」

そのくせ、そこを離《はな》れようとはしない。背後霊《はいごれい》じゃあるまいし。なんだかあやしい。じいっとマイちゃんの手もとをみつめている。と思ったら、その場をとりつくろうように声をかけてきた。

「ほおお、その菓子《かし》は、たしか……」

「これですか？　シュトーレンですけど」

びっくりしたマイちゃんに、おじいさんはききかえした。

「やっぱりそうか。もしかして、ドイツの菓子かな？」

「は、はい、そうですけど……」

「うまいんだろうか？」

「よかったらこれ、食べてみてください」

「いやいや、けっこう。失礼《しつれい》した。それじゃあ」

おじいさんは片手《かたて》をあげると、はっぴの背中《せなか》を見せて、ずんずんと歩きだした。

彩音と光平《こうへい》が、はあ？　と、あんぐり口をあける。

「なんなの？　あの人」

「ほんとはそれ、食べたかったんじゃねえの？」

「ていうか、マイちゃんのこと、じろじろと見てたような……」

オレはみょうに気になったけど、みんなはそれほどでもなかったみたいだ。光平が、ぐいんと手をのばした。

「ま、いっか。じゃあそれ、自分がもらっちゃおっかなー」

このシュトーレンが、あとで思いもよらないつながりを生むなんて、この時は想像《そうぞう》できるはずもない。

「うわ、ずるいっ。あたしにちょうだい」「やだよん」

最後のひときれは、彩音をふりきって、光平のお腹《なか》へさくさくおさまった。

初もうでのあとは、みんなで彩音《あやね》の家に寄《よ》った。

ピアノのことで、もやもやしているオレだけど、響子《きょうこ》先生には、マイちゃんといっしょにきちんと新年のあいさつをした。

「明けまして、おめでとうございます。今年もよろしくお願《ねが》いします」

「おめでとう。今年もピアノにはげんでね。応援《おうえん》します」

ひとしきりあらたまると、響子先生はキッチンへ引っこんだ。

そこへパタパタと足音が近づいてきた。彩音の妹で二年生の花音《かのん》ちゃんだ。ひとりっ子のオレは、小さい子を相手にするのは苦手《にがて》だけど、花音ちゃんは、彩音と同じで積極的《せっきょくてき》だ。

タカくん、タカくんてなついてくれるのがちょっとかわいい。

花音ちゃんは、スカートのポケットからなにやら出して、オレにつきだした。

「これあげる。えんむすび。かのんとペアだよ」

さすがに面《めん》くらったが、一応《いちおう》お礼《れい》は言わねば。

「ありがと。花音ちゃんも初もうでに行ったんだね」

「朝、ママたちと行ってきたの。ほんとは、タカくんといっしょに行きたかったのに、おねえちゃんがダメだって」

「あたりまえでしょ。足手まといになるもん」

彩音に言われて、ぷうっとふくれた花音ちゃんに、マイちゃんが顔をほころばせた。

「花音ちゃんは、タカくんファンなの？」

上の前歯が抜《ぬ》けた口が、ニッと笑った。

「かっこいいもん。イケメンだよ。色が白いし、髪《かみ》が茶色でさらさらで。目がちょっとたれてて、まつ毛長くてかわいいの。だから、だーいすき」

「もういいよ。花音ちゃん」

いくら小さい子でも、そんなふうに言われたらてれくさい。それに今、花音ちゃんがつぎつぎとあげたオレの外見は、聞いただけで、なよなよしている感じがただよってくる。

現《げん》に、昔からよく女の子にまちがえられた。しかも、ピアノをやっているから、女っぽいとか言われたこともある。そんな時は、母さんからの受け売りで、「男がピアノを習ってなにが悪いんだ。ショパンだってベートーベンだって、作曲家はほとんどが男じゃないか」って言いかえしたい気持ちでいっぱいになったりしたけど。ひとりでいきがっているやつと思われるのもいやなのでがまんしたこともある。

ぼやっと考えていたら、目がちくっとした。急いで目をこすると、まつ毛が指にくっついてきた。あれ、オレのまつ毛、けっこう長いかも。

そんなオレを、マイちゃんが見ていたらしい。

「タカくんて、まつ毛長いね」

「ほらぁ。かのんの言うとおりでしょ」

勝ちほこったようにうなずく花音《かのん》ちゃんに、マイちゃんはほほえんだ。

「タカくんは、かっこいいもんね。花音ちゃんのあこがれのおにいちゃんなんだね」

ドキッとした。マイちゃんの口からそんな発言がとびだすとは。

彩音《あやね》が、すかさずくいついてきた。

「うわっ。聞きずてならない大胆《だいたん》発言。さてはマイ。花音の恋《こい》がたき？」

「恋がたきだなんて。大人みたいなこと」

「じゃあ、ドイツに好きな子はいた？」

「……いなかった、よ」

答えた瞬間《しゅんかん》、マイちゃんの大きな瞳《ひとみ》が揺《ゆ》れたのを、彩音も見のがさなかった。

「やっぱりいたんだ。ねえねえ、どんな子？　ドイツ人だから、目も青いの？　髪《かみ》の色は？　背《せ》は？　アイドルだとだれに似《に》てる？　あ、ドイツ人だから、それはないか」

オレも気になる。ドイツでのマイちゃんて、どんなだったんだろう。

でも、マイちゃんは、すぐに目をふせた。

「ごめん。なんでもないの。あたしがいいな、って思っただけで。そのう……」

それ以上きいてはいけない気がした。

「ほら彩音。ミーハーおばさんになってるよ」

「人の恋バナ聞いて、なにがおもしれぇんだよ。趣味《しゅみ》わるすぎくん」

光平《こうへい》にも言われ、彩音はいきまいた。

「男子たち、うるさいっ。じゃ、マイ。あとで聞かせてね」

「話すことないかも。だって、その子には仲よしがいたから」

「あちゃ。あたしったら、しつこくきいたりして。にぶくてごめん」

「いいよ。あたしがはっきり言わないからだし。でも、学校は、とても楽しかったよ。緑が多くて、街並《まちな》みもきれいで、ドイツはいいところだったもん。彩音も行ったら、きっと気にいると思う」

「ほんとに？　でもマイ。ママにはあんまり言わないでね。そんなこと聞いたら、ドイツにピアノ留学《りゅうがく》しなさいとか言いだしそうだし……」

「あらあ、なんの話？」

響子《きょうこ》先生が、山盛《も》りのみかんのカゴとともに現《あらわ》れた。

「べつにぃ。なんでもない」

そっぽを向く彩音から、響子先生はマイちゃんに目を移《うつ》した。

「もうすぐコンクールね。調子はどうかしら」

マイちゃんは、S新聞社が主催《しゅさい》する学生ピアノコンクール・小学生部門の地区予選《よせん》に出る。マイちゃんのうでをいち早く見抜《ぬ》いた響子《きょうこ》先生が、強く勧《すす》めたんだ。マイちゃんは今や、『山本響子ピアノ教室』の期待《きたい》の星というわけだ。

彩音《あやね》がほっぺたをふくらませた。

「いいに決まってるよ。杉山《すぎやま》神社でおまいりもしたし、もうバッチリだよね、マイ」

「う、うん。まあ……」

「まあ、って。予選通過《つうか》のこと、お願《ねが》いしなかったの？」

マイちゃんは、おずおずとしながらも、きっぱりと答えた。

「だって、ピアノは自分で弾《ひ》くものだし、神さまにたよってても仕方ないかなあって」

「うわっ、マイは言うことがやっぱりちがうんだ。ねえ」

同意を求めてきた彩音から、オレは目をふっとそらした。

オレなんか、マイちゃんの足もとにもおよばない。ピアノを続けるかどうか迷《まよ》っているレベルだ。それも、自分で決めるどころか、神さまにきいたくらいだ。

響子先生が、大きくうなずいた。

「練習を積《つ》みあげてきたからこそ言えることよ。マイちゃんには曲に立ちむかっていく強さがあるもの。ピアニストの素質《そしつ》はじゅうぶんよ」

「ママったら、ひとりではりきってるんだから。マイも迷惑《めいわく》だよね」

「ううん。あれくらいするのは、あたりまえだし」

「努力がなにより。わたしも昔コンクールに出た時は、指から血が出るくらい練習したものよ」

「はいはい。その話は、もう耳にタコができるほど聞きました」

「だったら彩音もコンクールを目指してみたらどう？」

「ママ。期待してもだめだよ。あたしは、ピアノの才能《さいのう》ないもん」

「また、そんな逃《に》げるようなことを言って……」

「それに第一、あたしがやりたいのは、ピアノじゃないから……たぶん」

彩音が、語尾《ごび》をのみこんだとたん、オレははっとした。

初もうでの時にも、確《たし》か聞いたような。彩音もピアノのことで悩《なや》んでいる？

「ピアノじゃないって、どういうことなの？」

響子先生もききかえしたけど、彩音は答えなかった。

「あたしのことはいいから。ほら、ママはもう、あっちへ行ってて」

「しょうがないわねえ」

リビングダイニングから出ていく響子《きょうこ》先生を、彩音《あやね》はとんがった横目で見送る。

「新年早々うるさいったらないんだから。うーん気分変えよっ！　トランプしよう」

「やるやるっ」

のんきにみかんのカゴに手をのばした光平《こうへい》が、すぐに反応《はんのう》した。

「かのんもやるっ。ババぬきがいいな」

花音《かのん》ちゃんがとんできて、オレのそばにちょこんとすわった。

「いいよねえ、花音は。なんにも悩《なや》みがなくて」

ぶつぶつ言いながら、彩音がカードを配《くば》りはじめる。

「なやみってなあに？」

きいた花音ちゃんに、彩音は、おねえちゃんらしく教えた。

「悩みっていうのはね。こまったことがあって、どうしようかなあ、って自分で考えること。ないほうがいいものなの」

花音ちゃんは、うでぐみをしながら、オレを見た。

「ふうん……。タカくんも、なやみある？」

「え、オレ？　ない。ないよ。ぜんぜん」

あるって言ったら、つっこまれそうだ。オレは、とっさにウソをついた。

「そっか。かのん、よくわかんないけど、なくてよかったね。はい、タカくん」

花音ちゃんは、ニッて笑うと、いそいそとみかんをくれた。

それからみんなで、飽《あ》きるまでトランプを続けた。

2. マイちゃんの友だち

一月の終わりごろ。

あれから母さんは、ピアノのことにはなにも触《ふ》れてこない。家のせまいリビングには、今まで通りピアノがある。いつもの風景だ。

オレは、答えを先のばしにしながら、レッスンへ行く直前にピアノのふたをあけた。宿題になっていた『ツェルニー40番』と他に楽譜《がくふ》二冊《さつ》の曲を急いで弾《ひ》いた。

鍵盤《けんばん》が重い気がするのは、練習をちゃんとしないせいだ。足ぶみ状態《じょうたい》が続く中で、オレは、体内時計にあやつられるように、週に一度のお決まりのレッスンを受けにいった。

あんな練習だけで弾けるほうがおかしい。スムーズに動かない指で、必死に楽譜の音符《おんぷ》を追いかけた。くりだされるたどたどしい旋律《せんりつ》まがいの音色が、小さなレッスン室に響《ひび》く。防音《ぼうおん》の分厚《ぶあつ》い壁《かべ》が、オレのへたくそな音を吸《す》いこんでいく。

「つぎこそ、ちゃんとしあげようね」

弾いた三曲の楽譜の余白《よはく》に、鉛筆《えんぴつ》で「△」を書き入れた響子《きょうこ》先生にくぎをさされたところで、レッスン終了《しゅうりょう》となった。

レッスン室を出ると、リビングダイニングには彩音《あやね》とマイちゃんがいた。ふたりで宿題をしていたみたいだ。ノートから顔をあげて、彩音がこっちを見た。

「タカくん、終わった？」

「まあね」

響子先生も出てきてニッコリした。

「このあとは、少し空くから、お茶にしようか」


話題は、もちろん、つい先日行われたコンクールのことになった。小学生の部で、二百人ほど挑戦《ちょうせん》した地区予選《よせん》の通過《つうか》者は、たったの十五人。六年生に混《ま》じり、ただひとり、マイちゃんは五年生で、みごと通過した。

オレには、細かいことはわからないけど、課題曲の正確《せいかく》な表現《ひょうげん》と、ダイナミックで大人顔負けのタッチとテクニックが、高く評価《ひょうか》されたらしい。

響子先生は納得《なっとく》の面持《おもも》ちだ。

「まずは順当に、初戦突破《とっぱ》ってとこね」

「ほんと、さすがだよねっ」

彩音《あやね》が、思いきりテンションをあげている。これじゃ、どっちが通過《つうか》したのかわからない。ふっとおかしくなって、オレは笑いながらマイちゃんに言った。

「よかったね」

ところが、マイちゃんは、真顔でさらりと答えたんだ。

「まだまだだよ。つぎがあるし」

つぎっていうのは、まだ先だけど、十一月に行われる東京大会・本選《ほんせん》のことだ。各地区の予選《よせん》通過者が、その腕前《うでまえ》を競い合う。本選を通過すると、いよいよ全国大会だ。入賞者《にゅうしょうしゃ》には、オーストリアのウィーンにある音楽学校のサマースクール参加のチャンスが与《あた》えられる。オレにはまるで縁《えん》のない、山のように高い目標《もくひょう》がそびえている。

マイちゃんにとって、今回は、どうやら単なる一通過点に過《す》ぎないようだ。

感心するしかないオレを、完全においてけぼりにして、響子《きょうこ》先生も同調した。

「そうね。万全にしておかないと。でも、マイちゃんならだいじょうぶ」

「毎日五時間、休みの日は八時間は練習してるんだもん。すごいよね」

ため息まじりの彩音にも、マイちゃんはまったく動じない。

「ふつうに練習してるだけだから」

五時間、八時間がふつうかあ。だったら、ここへ来る前のオレの練習なんて、ほんの一《いっ》瞬《しゅん》だ。いや、点だ。

オレの目も点になった。


大きな目標に近づいているというのに、あんなふうに淡々《たんたん》としているマイちゃんがいるかと思えば、それとは真逆《まぎゃく》で、思いきり舞《ま》いあがっていたのが光平《こうへい》だ。この前の日曜日に、市営《しえい》のN競技場《きょうぎじょう》で行なわれた連合陸上大会・二百メートル走で優勝《ゆうしょう》。区の代表になった。

大会のつぎの朝。

「やったぜ、優勝だあっ」

光平は、登校途中《とちゅう》の道でもはしゃぎまくっている。そのたびに、みんながふり返るので、オレはいちいちはずかしくて仕方なかった。

そこへ、彩音がマイちゃんと追いついてきた。

「おはよう光平。あたしが応援《おうえん》したおかげだからね」

彩音は、N競技場へ乗りこみ、応援しまくったらしい。声がすっかりかれている。

「こいつのさけび声がうるさくてさ」

いつものように憎《にく》まれ口をきいたけど、光平の目もとは笑っている。彩音も、ニコニコしながら言った。

「杉山《すぎやま》神社の神さまにも感謝《かんしゃ》しなくちゃね。あたし、初もうでで、さんざんおまいりしたんだから。今日、帰りに寄《よ》って、お礼《れい》まいりをしようよ」

「お礼まいりって？」

マイちゃんが首をかしげたので、彩音《あやね》は、ええっ？って顔をした。

「願《ねが》いをかなえてくれた神さまに、ありがと、ってお礼を言いに行くこと」

「知らなかった」

「マイには関係ないか。初もうでの時に言ってたもんね。神さまにたよっても仕方ないって。マイってほんと、強いんだよねえ。あたしにはゼーッタイまねできない」

声のトーンが変わった。いつもの彩音らしくもない、どこかとげがあるような言い方だったので、オレはつい、口を出した。

「そんなの人の勝手だろ。まねする必要もないし」

「やだ。あたし、ひがんでるかも。あの時、マイがあんまりさらりと言ったから、逆《ぎゃく》にすごいなあって思っちゃったの。やっぱりマイには勝負強さがそなわってるんだね。じゃあ、光平《こうへい》。ふたりで行こ」

「ダメ。今日は陸上の練習ある」

「たまには休みなよ。優勝《ゆうしょう》したんだし」

「やーだよん」

アッカンベーして光平が走りだした。彩音が追いかける。

オレはマイちゃんと、その場にとり残されてしまった。ふたりになるのは初めてだ。ビミョーに流れるぎこちない空気をふりはらおうと、わざと光平たちを目で追った。

「あいつら、朝から元気だよなあ」

マイちゃんも、ふたりをながめながら、ふっと笑みを浮《う》かべた。

「彩音は、考えてることをぽんぽん言えるからうらやましい。それに、タカくんたち、ほんとに仲がいいよね。好きなこと言いあえて、楽しそう」

「まあ、幼稚園《ようちえん》時代からのつきあいだからね」

「おさななじみかぁ……」

「マイちゃんには、いないの？」

「あたし？」

と言いながら、マイちゃんが話しだしたのは、なぜか自分のことじゃなかった。

「このまえ彩音にきかれたドイツの子だけどね。あの子にもおさななじみがいたんだよ」

「ああ。マイちゃんが、その……」

言いよどんだオレに、マイちゃんはほほえんだ。

「そう。ちょっといいなあ、って思った男の子。あたしは、ドイツの幼稚園《ようちえん》に途中《とちゅう》から入ったの。日本人は、あたしひとりで不安だったけど、その子がいろいろ親切に助けてくれたんだよね。そのおかげでドイツ語もだんだん覚《おぼ》えたし……」

「いいやつだったんだ」

「うん、とっても。もうひとり、仲よしの女の子もできたから、あたしはじゅうぶん楽しかった。それがね。お誕生日会《たんじょうび》をやる時に、ママに、だれを呼《よ》ぶ？ってきかれたから、ふたりの名前を言ったの。それなのにママは、『それだけじゃ、さみしいわ。マイは引っこみ思案《じあん》で、自分ではなかなか友だちを作れないから』って、勝手にたくさん呼んじゃったの」

「そういうの、自分で決めたいよね」

あいづちをうったら、マイちゃんは、顔をしかめながら話した。

ママが呼んだ中には、その子ととても仲のいい女の子の友だちもいたそうだ。ふたりがものすごく楽しそうにしていたので、マイちゃんは、そこに入っていけなかった。

「あたしって、だめなんだよね。そういう時、すぐにあきらめちゃうっていうか。それでママも心配して、ああだこうだ言ってたとは思うけど」

「それはまあ、マイちゃんのことを思って……」

そんなふうにしか答えられないオレに、マイちゃんは、早口で続けた。

「ママは、昔から行きたかったドイツに行けて、しかも、現地《げんち》の大学に入って、学生の資《し》格《かく》を取って、ドイツ文学を勉強してた。それで、昔から夢《ゆめ》だった翻訳家《ほんやくか》への道が開けてはりきってたけど、あたしは好きで行ったんじゃない。パパのお仕事でついていっただけだもん。それなのに、もっとドイツ語勉強しなさい。たくさん友だち作りなさい。そんなことばっかり。だからあたし、ドイツでピアノばっかり弾《ひ》いていたのかもしれない」

「複雑《ふくざつ》だね、そういうの……」

マイちゃんの心に、いきなり直接触《ちょくせつふ》れてしまったようで、オレはとまどった。うまく返せないでいたら、マイちゃんは、ほっぺたをゆがめた。

「ピアノに向かうと好きな通りに音を出せるでしょ。すっきりするの。もしかして、あたしのおさななじみはピアノだったりして」

「ピアノが？」

「へんだよね、ピアノが友だちなんて。あたし」

「そんなことないけど」

ないけど、どうなんだ。なんて答えたらいいいか、すぐに思いつかなかった。

そんなことを言う子に会ったのは初めてだから。じゃあ、オレにとっての光平《こうへい》や彩音《あやね》が、マイちゃんにはピアノってこと？　知らない外国でピアノを弾《ひ》いていた気持ちは、オレには想像《そうぞう》もつかないけど、ピアノが友だちってことは、やっぱり……。

オレは、マイちゃんに確《たし》かめた。

「ピアノが好きってことだよね」

「うん。たぶん……」

――「たぶん」てなに？

思わず、マイちゃんをみつめ、目できいてしまったオレに、マイちゃんは、あたふたとした。

「あたしったら、タカくんにへんなことばっかりしゃべっちゃって。今のは気にしないで。わすれてね。ごめん。すっかりおそくなっちゃった。急ご」

マイちゃんは、ぱたぱたと走りだした。

わすれろって言われても。

ポニーテールが大きく揺《ゆ》れている。そのうしろ姿《すがた》を追いかけるオレの背中《せなか》で、ランドセルも、カタカタと揺れはじめた。

3. どうする？ オレ

意外だった。マイちゃんは、オレなんかとはちがって、なんの疑問《ぎもん》もなくピアノに打ちこんでいるとばかり思っていたのに。どうやら、ひと言では説明できない、いろんな思いをかかえて、ピアノとつきあってきたみたいだ。

そう言えば、彩音も、本当はやりたくないみたいなことを言っていた。

マイちゃんのピアノ。彩音のピアノ。

オレにはわからないところで、ふたりともピアノのことを考えている。

そして、オレのピアノ。

ずるずるといいかげんな状態《じょうたい》を引きずってきたけど、ついに、響子《きょうこ》先生からも言われてしまった。

『ハノン』の楽譜《がくふ》とにらめっこしながら、弾くのにさんざん手こずっている最中だった。

「ちょっと、ストップ」

響子《きょうこ》先生は、今まで見たことのないきびしい表情《ひょうじょう》でオレを見た。

「ねえタカくん。一度、ゆっくり話したかったんだけど、聞いてくれるかな」

「あ、はい」

「音楽はね。文字通り、音を楽しむってことよね。『ハノン』は指を動かすための練習曲だから、たいくつかもしれない。でも、最近のタカくんはね」

響子先生は、楽譜《がくふ》の余白《よはく》に鉛筆《えんぴつ》で、《音苦》と書いた。

「こういう言葉があるかはわからないけど、《音楽》の反対だから、オ・ン・ク。まるで、音に苦しんでいるみたいに思えるのよね」

「オレ、苦しいって思ったことはないですけど。練習も全然していないし」

自慢《じまん》にもならないことを、ついぽそっと口走ってしまった。

響子先生は、あきれたように肩《かた》をすくめた。

「練習をしてないのは、よーくわかるわよ。じゃあ、どうして、練習しないのかしら」

「それは……」

口ごもったら断定《だんてい》された。

「練習が楽しくないからよ。つまり、ピアノを弾《ひ》くのが楽しくないってこと。ねえタカくん、覚《おぼ》えてる？　お母さんに連れられてここに来たころのこと。タカくんは、それはもう楽しそうにピアノに向かっていたわ」

そうだったかなあ。

中途半端《ちゅうとはんぱ》に弾いてしまった目の前の楽譜をながめていたら、ぼんやりと頭の中に浮《う》かんできた。

ちゃんと弾きおえた時、響子先生が笑顔で書きこんでくれた大きな花まる。『よくできました』のしるし。

もらうとうれしくてたまらなかった。家に帰って母さんに見せると、「よかったね」、と笑顔が返ってきた。早く花まるがほしくて、いっしょうけんめい練習していたっけ。ピアノのふたをあけるのが楽しみだった。

それが、いつからなんだろう。ピアノに向かっても、心が躍《おど》らなくなったのは。

オレの胸《むね》の中を見すかすように、響子先生は続けた。

「昔はよかった、とかそんなグチを言ってるんじゃないのよ。どんなことにも波《なみ》はあるし、スランプもある。でも、四歳《さい》の時からずっと続けているわけでしょ。わたしとしても、ピアノを通してなにかをつかんでもらえればいいな、っていつも思ってる」

先生の言うとおりだ。今のオレは、ただ惰性《だせい》で続けているだけだ。

「オレ、どうすればいいか、わからなくて。迷《まよ》っているんです。じつはこのあいだ、母さんからも言われちゃって。ピアノも親戚《しんせき》にゆずるなんて言いだすし……」

「お母さまが、そんなことを？」

響子《きょうこ》先生は、すごく意外そうに目を見ひらいた。

「はい。オレがピアノをほとんど弾《ひ》かないから、もうやめてほしいみたいな……」

「わたしは、やめろと言ってるわけじゃないのよ。タカくんは、弾く力はじゅうぶんにあるもの。だけど、今の感じだと、弾く気持ちがまるで見えないのよね。タカくんにとって、ピアノって、どんなものなのかな。一度ここで確《たし》かめてもいいと思うのよね」

確かめるって、いったいどうやって？

見当がつかなくてだまっていたら、響子先生は、おもむろに言いだした。

「もうすぐ発表会があるわ。いい機会だと思うの」

立ちあがると、戸棚《とだな》から楽譜《がくふ》のピースを三つ取りだしてきた。

ドビュッシーの『月の光』。モーツァルトの『トルコ行進曲』。そして、ショパンの『小犬のワルツ』。

「どれも弾きがいのある曲よ」

「待《ま》ってよ、先生。オレ、発表会に出るなんて言ってないよ」

思わず声をあげたけど、響子先生は取りあわず、さっと鍵盤《けんばん》に指を置いて、一曲ずつ、さわりの部分を試しに弾きはじめた。メロディが、ずかずかと耳へ流れこんでくる。

――おいタカ。すっぱりと断《ことわ》ればいいんだ。どうせ、ピアノなんかどうでもいいんだろ。

心の中から、ひとりのオレが声をかけてきたけど、かぶさるように、もうひとりのオレがささやいた。

――なあタカ。やってみろよ。今のまま、だらだらしてるだけでいいのかよ。

弾きおえた響子先生は、オレの顔をじっとのぞきこんだ。

「どれがよかったかしら?」

オレは、今聞いた三つのメロディラインを頭の中で巻《ま》きもどした。

『月の光』は、静かすぎた。迷《まよ》ってあせる今のオレには、気持ちのテンポが合わない気がする。だったら、『トルコ行進曲』か? いや、あんなにしっかりとした力強い流れは作れそうにない。それならば。『小犬のワルツ』はどうだろう。軽快《けいかい》なワルツのリズムには、自然と乗れそうだ。案外《あんがい》楽しく弾けるかもしれない。

「じゃあ、これにします」

楽譜を指さしたオレに、響子先生は、ニンマリと笑った。

「『小犬のワルツ』は、小犬が自分のしっぽを追いかけて、くるくる回っている様子をショパンが見て作ったんですって。それをイメージしながら曲作りをしていきましょう。楽しくがんばろうね」

結局《けっきょく》オレは、響子《きょうこ》先生のペースにまんまとはめられたのかもしれない。

もどかしい気持ちもいっしょに、楽譜《がくふ》と発表会のお知らせを家に持って帰った。

台所で、お知らせに目を通しながら、母さんは、さも心外とばかりにつぶやいた。

「発表会はもう出ないのかと思ってたのに」

「曲ももう決めちゃったんだ。『小犬のワルツ』。今さら断《ことわ》れないでしょ」

「なあに？　その言い方。まるで他人事《ひとごと》ね」

母さんは、お知らせにも文句《もんく》をつけた。

「あらやだっ、出演料《しゅつえんりょう》、値上《ねあ》げになってるじゃない」

「楽譜代もいっしょに、つぎのレッスンの時、払《はら》ってくださいだって」

「ということは、ピアノはゆずらないってことね」

「うん。ピアノがないと練習できないから……」

オレは、もごもごと答えた。

「この前、ピアノはどうなったかって、北海道から電話があったのよ」

「そ、そうなの？」

オレは、またもやびびった。あの話は、まだ終わったわけではなかったんだ。

「そういうことなら、仕方ないわね。ちょっと待《ま》ってもらうことにするわ」

「よ、よろしく」

オレは、『小犬のワルツ』の楽譜を、リビングのピアノの上に置きにいった。

さっき聞いたメロディが、まだ耳の奥《おく》に残っていた。


その晩《ばん》は、めずらしく父さんが早く帰ってきた。

母さんが、すぐに言ったらしく、夕飯《ゆうはん》の時、発表会の話になった。

「タカ。発表会に出るんだって？」

「うん。なんとなくそんな流れになったっていうか……」

煮《に》えきらないオレの返事に、いち早く反応《はんのう》したのは母さんだ。父さんにビールをつぎながらうったえた。

「タカったら、まるで人ごとみたいでしょう。まったく、甘《あま》えているんだから。なりゆきで発表会に出られてもこまるのよ。出演料だって、安くないんだし」

またまた蒸《む》しかえした上に、話をどんどん大きくした。

「ケチで言ってるんじゃないのよ。世の中には、なにかやりたくても、いろんな事情《じじょう》ででできない子もたくさんいるのよ。生きるのにせいいっぱい、って国の子どもたちもいる。自分がどれくらいめぐまれているか、少しは自覚してほしいわ。ねえ、お父さん」

そう言って、母さんが、ビールをくいっと飲《の》んだので、父さんは、お代《か》わりをつぎながらうなずいた。

「やりたければやればいいさ」

お。さすが父さんは太《ふと》っ腹《ぱら》。思ったとたん、

「ただし」ふと顔をくもらせたので、オレは身がまえた。なんだか深刻《しんこく》そうだ。

ところが、父さんの口からとびだしたのは、思いもよらない言葉だった。

「そうなると、ピアノはそのままか。マッサージチェアを買って、あそこに置こうと考えていたんだけどなあ」

父さんは、リビングのひとつの壁《かべ》いっぱいにどでんと置かれているピアノを、食卓《しょくたく》から首をのばして見ると、ビールをぐびりと飲みほして、肩《かた》で息をついた。

「ふう。おれももう年だ。最近は、肩や腰《こし》がやたらとだるくてな。マッサージチェアがあれば、土日にゆっくりと体を癒《いや》せる。だが、うちのリビングはなにしろせまい。これ以上、物は置けんだろ」

「は、はあ」

「おれ、少しばかり期待《きたい》してたんだけどなあ。そっか。タカは発表会に出るのか……。だったら仕方ないか」

「そうね」

となりで母さんが、あいづちをうった。

オレは、がく然とした。

そんなたくらみが、オレの知らないところでひそかに進んでいたなんて。ていうか、オレはピアノをやめるものと、ふたりともすでに決めていたってことか。

父さんには、ピアノよりもマッサージチェアなんだ。確《たし》かに、毎日仕事で疲《つか》れて帰ってくる父さんには、めったに音を鳴《な》らさなくなったピアノよりも役に立つ。

我《わ》が家では、なんの存在価値《そんざいかち》もない、あわれなピアノ。

——ごめん。

オレはピアノにあやまった。悪いのは、まともにピアノと向きあおうともしないこのオレだ。響子《きょうこ》先生に言われたから発表会に出るだけじゃ意味がない。このピアノはずうっと、思う存分《ぞんぶん》音を出したくて、ここで待《ま》っているのかもしれないのに。

——早く弾《ひ》いてよ。

ピアノからの声に、オレはうなずいた。

とはいうものの、これまでまともな音作りを怠《おこた》ってきたオレだ。練習がはじまり、響子《きょうこ》先生から押《お》しよせてくる怒《ど》とうのような注文に、今にもおぼれそうになっていた。

「出だしの右手は、『モルト・ヴィヴァーチェ』。生き生きとね。しかも、『レジェッロ』とも書いてあるでしょ。軽やかに。できるだけタッチを軽く。こんなふうに」

響子先生の指が、トレモロを刻《きざ》みながら、めまぐるしく鍵盤《けんばん》をかけめぐる。

さすが先生だ。なんて感心している場合じゃない。

「やってみて」

「は、はい」

マネしようにも、すぐにできっこない。たじたじしっぱなしだ。

「それを受けて左手を動かす。右手で歌うのを左手が指揮《しき》するって感じよ。わかる？」

つぎからつぎへと気合いの入った指示《しじ》がとんでくる。指は、思うように動かない。音をたどるだけで必死な状態《じょうたい》だ。緊張《きんちょう》も加わり、鍵盤が汗《あせ》ばんでくる。

「ほらっ。もたつかないっ。もっと気持ちをこめて。リズミカルに。ショパンらしく！」

ショパンどころか、気持ちはショボンだ。こんなんで、うまく仕上がるんだろうか。

大きく不安が広がったところで、響子先生はレッスンの終了《しゅうりょう》を告《つ》げた。

「今日はここまでにしておきましょう。テンポにもっとメリハリをつけて流れるように。とにかく指づかいを正確《せいかく》にしないと。おうちで念入りに練習してきてね」

「……はい」

オレは、うなだれて楽譜《がくふ》をとじた。ため息をつきながら、レッスン室を出ようとして気がついた。ドアがあけっぱなしだ。

響子先生ったら、閉《し》めわすれたんだな。ということは、今まで、防音《ぼうおん》の壁《かべ》に吸《す》いこまれていたと思っていた練習の音は、全部が外へもれだしていた？　まずい。あんなひどい音は、人に聞かせられたもんじゃない。でも、今日は、彩音《あやね》も花音《かのん》ちゃんも出かけているみたいだし、レッスンは、オレが最後だからだいじょうぶ。

自分に言いきかせながら出たとたん、なんと、マイちゃんが、イスにすわっていた。

「あれ？　なんでいるの？」

「用事があったので、今日に替《か》えてもらったの。これからレッスンだよ」

マイちゃんが弾《ひ》くのは、ショパンの『幻想即興曲《げんそうそっきょうきょく》』だ。四つある即興曲の中で、一番初めに作られたものだけど、ショパンの死後に発表された。ベートーベンの『月光』と曲の雰囲気《ふんいき》や構成《こうせい》が似《に》ていると評《ひょう》されることもあるからか、ショパン自身は、これを世間には発表したくなかったらしい。でも、そのダイナミックで文字通り幻想的な曲のイメージが、人の心をつかむのだろう。ショパンの中でも、特に人気が高いあこがれの曲だ。

そんな話を響子《きょうこ》先生から聞きながら、前に楽譜《がくふ》を見せてもらってオレは面食《めんく》らった。

右手の一拍《ぱく》が八等分。左手の一拍が六等分で、左右の拍子《ひょうし》が全然異《こと》なっていたからだ。

こういう形式を『ポリリズム』というそうだが、ちゃんと合わせようとするだけで骨《ほね》が折れそうだ。

それほど気の遠くなりそうな難曲《なんきょく》を、マイちゃんは、なんなくこなしているらしい。

よりによって、そのマイちゃんに、オレのヘタクソな『小犬のワルツ』をもろ聞かれてしまった。

「タカくん、がんばっていたね。おつかれさま」

えっ？　オレは、耳をうたがった。

マイちゃんは、本気でそう思って言ったんだろうか。

オレは、思うように鍵盤《けんばん》をあやつれないで、イラついていただけだ。人には聞かれたくない音をくりだしていただけだ。マイちゃんにだって、当然、聞いてほしくなかったのに。

マイちゃんには、オレが弾《ひ》くピアノなんか、眼中《がんちゅう》にもないってことか。オレが出す音は、こんなものだって、初めから、見くびられていたのか。

無性《むしょう》に腹《はら》が立ってきた。マイちゃんにではない。オレにだ。

いつまでこんな音を出しているつもりだ。どうする？　オレ。

心臓《しんぞう》の奥《おく》のほうから、今まで聞いたことのない自分の声が響《ひび》いてきた。

オレは、放課後《ほうかご》、光平《こうへい》といっしょに遊ぶのをやめた。

「どうしたんだよ、タカ。つきあい悪いじゃん」

追及《ついきゅう》されたけど、説明すると長くなる。

『自分に腹が立ったからピアノを練習する』なんて言っても、自分に腹を立てたことなんかありそうもない光平には、わかってもらえないだろう。

とにかく、ちゃんと弾かなくちゃならないあせる気持ちがこみあげてきて、オレは、光平をこそこそとふりきって学校から帰った。

「おかえり。ずいぶん早いのね」

玄関《げんかん》のドアをあけて、びっくり顔の母さんの出むかえもそこそこに、オレは、洗面所《せんめんじょ》へ直行して手をあらった。

リビングでは、ピアノが待《ま》っていた。やる気まんまん、て感じで、いつになく強く黒光りしているふうに見える。さっそくふたをあけて、譜面台《ふめんだい》に楽譜をのせた。

オレは、『小犬のワルツ』について、どんな曲か、もう少しくわしく知りたくなった。

それで、学校の図書室で偉人伝《いじんでん》のコーナーから『ショパン』を借りてきて読んだ。『小犬のワルツ』のことも書かれていた。それから、いろいろと想像《そうぞう》をふくらませながら、どんなふうに弾《ひ》けばいいのか、もう一度、初めから考えた。

ワルツなのに、やたらとテンポが速くて目がまわりそうだ。だけど、メロディ全体の印《いん》象《しょう》は、どこまでも華《はな》やかで明るい。それはきっと、ショパンが、自分の恋人《こいびと》が飼《か》っていた犬をモデルにして作ったからじゃないかな。

右手で弾く音符《おんぷ》は、全部、小犬だ。小犬が音符だ。ワンワンワン。キャンキャンキャン。その上、曲の半ばでは、小犬が首につけている鈴《すず》の音を短く高く響《ひび》かせている。

左手は、それをおもしろがっているショパンと恋人だ。住んでいたフランスのパリの街角のカフェテラスで、ふたりでカフェオレでも飲《の》みながら、ウキウキと小犬をながめているんだ。指で拍子《ひょうし》をとりながら、鼻歌まじりにワルツを口ずさむ。甘《あま》く幸せな時間が過《す》ぎていく。

オレ、小さい時から絵がへただったけど、音でなにかを思いうかべるのは得意《とくい》だし好きだ。それで、ピアノを鳴《な》らすのも好きになった。

そうだ。小犬の様子をピアノで表現《ひょうげん》するためには、とにかく指づかいを正確《せいかく》にしなくちゃならない。

響子《きょうこ》先生にしつこいくらい注意されていた、じつはごく当たり前のことが、初めて胸《むね》にすとんと落《お》ちた。

それからは、指が覚《おぼ》えこむまでくり返し弾いた。何度も同じところで、つっかかるので、そこだけゆっくりとたどってみた。その上でだんだんとテンポをあげていく。あきらめずにくり返した。くり返してくり返して。どれくらいくり返しただろう。

指が気持ちとつながって、動きだした。少し前までは、重くて仕方のなかった鍵盤《けんばん》の上を、両手が自然とスムーズに行き交うようになってきた。

毎日一時間半は、練習した。マイちゃんに比《くら》べたら、どうってことない平凡《へいぼん》な長さかもしれない。だけど、オレにとっては、信じられないくらいの進歩だと思う。めんどうだという気持ちもどこにもなかった。時間は、自分でいくらでも作れるし使えることに気がついたくらいだ。今までのオレは、いったい、なにに時間を使っていたんだろう。

発表会も間近になってきたレッスンで、響子先生から言われた。

「とてもいいわよ。すべてがうまくつながって、よどみがなくなってきたわ。メリハリもきいてる。あとはラストの部分ね。いちばん盛《も》りあがるところだから、もっと大胆《だいたん》に思いきりよくやってみて」

「はいっ」

オレは、響子先生にしっかりと答えた。

自分で作りあげてきた曲を、発表するのが待《ま》ちどおしくてたまらなくなった。

4. 発表会の音色

三月の末。発表会当日になった。

にぎわいはじめた会場、文化センターのロビーでは、ひらひらのドレスで着《き》飾《かざ》った女の子たちや、蝶《ちょう》ネクタイをして、ちっちゃな花むこさんみたいにバッチリきめた男の子たちが走りまわって、お母さんたちにしかられていた。壁《かべ》ぎわのソファには、小さな花束《はなたば》を持ったおばあさんやおじさんたちが腰《こし》かけて、はじまりを待《ま》っている。

「タカくん。見て見て」

水色のドレスの花音《かのん》ちゃんがかけよってきた。

「ほら、かのん、アリスみたいでしょ」

「とってもかわいいよ。がんばって弾《ひ》いてね」

ドレスとお揃《そろ》いの水色のカチューシャをつけた頭を、オレは、そっとなでた。

「うん。かのん、いっしょうけんめいひくから。タカくんきいててね。やくそくだよ」

オレと指きりをすると、ドレスのすそをひるがえし、花音ちゃんは、自分の友だちのところへ走っていった。

それと入れかわりに、とんでもなくふわふわの、ヒマワリの花みたいな黄色いド派手《はで》なドレスの彩音《あやね》がやってきた。

「聞いてよ。光平《こうへい》ったら、陸上の練習があるから、今日は来ないんだよ。あたしと陸上、いったい、どっちが大事なのよ」

それは陸上だよ、ね。

思ったけど、口には出さなかった。

「代《か》わりにオレが聞くから、がまんしなよ」

「だいじょうぶ。あたし、このドレスを見せたかっただけだから。じゃあね」

ドレスのうしろで結んだ大きなリボンを揺《ゆ》らしながら、彩音はホールの中へ入っていった。

オレも、まわりの人たちに混《ま》じって中へ入り、ステージに近い席《せき》についた。

檀上《だんじょう》に飾られた大きな盛《も》り花から、甘《あま》い香《かお》りがこぼれてくる。

「みなさま、こんにちは。今年も、発表会のために、練習を積《つ》みかさねてきました。生徒《せいと》さんたち、ひとりひとりの日ごろの成果《せいか》を、本日は、たっぷりとお聞きください」

響子《きょうこ》先生の凛《りん》とした声が、始まりを告《つ》げた。

小さい子から順番《じゅんばん》にプログラムが進んだ。踏《ふ》み台に足を乗せて、大きなグランドピアノの前にちょこんとすわって弾《ひ》く子や、親子で並《なら》び、音を奏《かな》でるほほえましい連弾《れんだん》に、会場がなごんだ。ちびっ子たちが、いっしょうけんめい弾く姿《すがた》は、やっぱりかわいい。オレも、あんなふうだったのかな、なつかしくなった。

低学年の最後のほうで、花音《かのん》ちゃんの出番が来た。指きりまでしたんだ。やくそく通り、聞いてあげねば。

曲は、ブルグミュラーの作品から、『アラベスク』。左手の和音《わおん》が四回、力強く鳴《な》り、右手のメロディが始まる。全体の指の運びが、ものすごくきびきびとしていて上手い。あとでほめてあげよう。

などとゆっくり見ていたのは、そのあたりまでだった。そろそろスタンバイの時間だ。花音ちゃんの演奏《えんそう》を見届《みとど》けたオレは、急いで席《せき》を立った。舞台寄《ぶたいよ》りのドアを出て、楽屋《がくや》まで行き、ステージのカーテンの陰《かげ》で出番を待《ま》った。もうすぐだと思うと、緊張感《きんちょうかん》がいやでも高まってくる。

ステージでは、彩音《あやね》が弾きはじめた。モーツァルトの『トルコ行進曲』だ。さっきはああ言ったけど、自分の心臓《しんぞう》がバクバクと激《はげ》しく鳴るせいで、彩音には悪いが、演奏が、ちっとも耳に入ってこない。つぎはオレだ。うまく弾けるだろうかと、じりじりしてしまい、深呼吸《しんこきゅう》を何回もくり返した。

彩音がもどってきた。上目づかいで肩《かた》をすくめながら、こっそりと耳打ちした。

「ミスタッチ連発。タカくんは、がんばってね」

答える間もなく、オレの名前と曲名がアナウンスされた。いよいよだ。

オレは、もう一回深呼吸をしてから、ステージの真ん中へと進みはじめた。目印《めじるし》の赤いテープの位置まで行き、深く一礼《いちれい》をする。あげた顔に、白いライトがふりそそぐ。

イスにすわり、両手を鍵盤《けんばん》に、右足をペダルに置いたとたん、オレは、目の前のグランドピアノと一体になった。ドキドキ感はどこかへ消えさり、頭の中は、『小犬のワルツ』だけになった。

まずは右手からだ。生き生きと軽く。つづいて左手も、三拍子《びょうし》のリズムで、重くならないようにはずませる。途中《とちゅう》でペダルをこまめに踏みかえる。音を濁《にご》らせないように、注意深く。余韻《よいん》はきれいに。

ピアノの中で、小犬が元気に動きまわっている。ショパンも恋人《こいびと》も、それは楽しそうに、小犬の動きをながめている。途中でチリンと鳴る首の鈴《すず》の音を聞いている。

そんな情景《じょうけい》を思いえがきながら、ひたすら指を動かし続けるうちに、最後の山場まで来た。

一瞬《いっしゅん》、テンポをゆるめる部分で、オレは、つぎに来る高速の流れに向けてねらいをつけた。

小犬は、最後までいたずらでやんちゃだ。よーし。

三連符《れんぷ》を六組、全部で十八個《こ》の音を、オレは、できる限《かぎ》りの細かい指づかいで、高音域《おんいき》から一気に急降下《こうか》させた。

成功だ。いよいよ残りの二小節。ここの六個の八分音符《おんぷ》は、ワルツのラストにふさわしく、とびきり優雅《ゆうが》に奏《かな》でよう。それを左手でしっかりと受けとめるんだ。気を抜《ぬ》かずに、ていねいに。最後の和音《わおん》を響《ひび》かせた……。

終わった。

弾《ひ》いた余韻《よいん》で、胸《むね》の鼓動《こどう》はまだおさまらない。まるで、夢《ゆめ》から覚めたばかりみたいだ。誘導《ゆうどう》の係の人にうながされるまま、オレは、楽屋《がくや》を抜けて、通路まで出た。そうっとうしろのほうの席《せき》までいき、体を投げだした。どっと気持ちがほどけた。

そして……。アナウンスの声が響《ひび》いた。

「ご来場のみなさま。本日の発表会も、残すところ一曲となりました。最後は、小学五年生、吉野《よしの》マイさんです。曲目は、ショパン作『幻想即興曲《げんそうそっきょうきょく》』です」

拍手《はくしゅ》をしながら、オレも、ステージの一点を見た。

マイちゃんは、黒のすとんとしたノースリーブのワンピースに身を包《つつ》んでいた。足もとは、真っ白なレースのソックスときれいにみがかれたローファーだ。いつものように結んだポニーテールには、純白《じゅんぱく》のリボンが飾《かざ》られている。白と黒だけのシンプルなスタイルをスポットライトが照《て》らしだす。ちょっとまぶしくてかっこいい。

いかにも、場慣《ばな》れした様子で、マイちゃんは、イスにすわった。

たたきつけるような低音が鳴《な》り、高速のメロディラインがうねりだした。

オレは、手に汗《あせ》をにぎった。

右手と左手の拍子《ひょうし》が異《こと》なる『ポリリズム』のこの曲を、マイちゃんがどんなふうに合わせて弾くのか、すごく楽しみだった。オレなんかには、どうしたら両手できちんと弾けるのか、信じられないくらいバラバラな左右の音符たちだったけど、ステージ上のマイちゃんは、バラバラどころか、二分の二拍子のメロディを、ひとつの大きな流れにして巧《たく》みに進めていく。白鍵《はっけん》を弾く指も黒鍵《こっけん》を弾く指も、すべての指が少しも揺《ゆ》らぐことなく、ずっと揃《そろ》って、音の強さを保《たも》ちつづけながら鍵盤《けんばん》の上を行き交っている。ものすごい迫力《はくりょく》だ。

いつものもの静かなマイちゃんは、そこにはいなかった。

ピアノと一心同体になり、全身で立ち向かっていく激《はげ》しさ。鍵盤をあやつる集中力。

テンポも曲調も、複雑怪奇《ふくざつかいき》なこの難曲《なんきょく》に取りくんできた時間の長さが、そのまま正確《せいかく》な響きとなってこっちまで迫《せま》ってくる。上手いとしか言いようがない。

だけど、心が波立《なみ》ってきたのはなぜだろう。

この前マイちゃんは、ピアノが友だち、って言っていた。だったらピアノが好きなんだ。そんなふうに想像《そうぞう》していたのとは、全然ちがうきびしさが垣間《かいま》見えてくる。ピアノとガチンコでぶつかり合う緊張感《きんちょうかん》が、ぴりぴりと伝わってくる。まるで、ピアノと戦っているようだ。これでもか、これでもか。自分から戦いをしかけているような、入っていくすきも、息つくひまも与《あた》えない戦闘態勢《せんとうたいせい》。

オレは、だんだんと息苦しくなりながらも、演奏《えんそう》を聞きつづけた……。

やがて、音が止んだ。

「ほんとに上手だったわねえ」「コンクールに出るらしいね」「なるほど。うまいはずだ」ざわめきと大きな拍手《はくしゅ》が鳴《な》りひびく中で、演奏の迫力《はくりょく》に圧倒《あっとう》されすぎたんだろうか。オレはぼうっとして、ピアノから離《はな》れるマイちゃんを見送っていた。

ふっと視線《しせん》を移《うつ》した時。向こうのほうで、オレと同じようにステージを見おろしているグレーのポロシャツを着たおじいさんが目にとまった。どこかで見たことがあるような気がする。どこで会ったんだろう。

オレは、はっと思いだした。

初もうでの日だ。オレたちが、杉山《すぎやま》神社でたき火に当たりながら、シュトーレンを食べていた時に近づいてきて、マイちゃんに話しかけてきた、神社のはっぴを着ていたおじいさんだ。

なんだって、こんなところにいるんだろう。

びっくりしながらオレは、確《たし》かめようと首をのばした。

ところが、ちょうど、響子《きょうこ》先生の終わりのあいさつになってしまった。

「みなさま、長い時間、ご清聴《せいちょう》ありがとうございました。来年に向けて、また、いっしょうけんめいレッスンに励《はげ》んでいきたいと思います。本日は、ありがとうございました」

拍手のあと、みんながいっせいに席《せき》を立ちはじめたので、オレは、おじいさんの姿《すがた》を見失《うしな》ってしまった。さがそうと思い、通路を歩きだしたとたん、今度は、スピーカーからアナウンスが流れてきた。

「生徒《せいと》さんたちは記念撮影《さつえい》をしますから、すぐにステージに集まってください」

仕方なく、急いで方向を変えるしかなかった。

つぎつぎと集まっている生徒たちの中で、白いリボンのポニーテールをみつけた。

「マイちゃんっ」

おじいさんのことを言おうと思って近づいたオレに、マイちゃんは、満面に笑みを浮《う》かべてふりむいた。

「おつかれさま。タカくんの小犬、とっても楽しかったよ」

「え？　ほんとに？」

「小犬のかわいいイメージが浮《う》かんできた。なんだか、ウキウキしてきたよ」

「マジで？　サンキュー、やったね！」

オレは、とびあがりたいほどうれしかった。

マイちゃんは、オレのピアノをちゃんと聞いてくれていたんだ。

ついさっき、このステージの上に響《ひび》いていたマイちゃんの切羽《せっぱ》つまったピアノの音色は、一瞬《いっしゅん》、とんでしまった。

「はーい、みなさん。ここを見てっ。スマイルしてくださいよー」

カメラを掲《かか》げるひょうきんな写真屋のおじさんに言われた通り、いや、言われなくても、自然と笑顔になる。そのまま笑顔全開で、オレは、シャッターが切られる音を聞いていた。

でも、やっぱり、心のどこかではおじいさんのことが気になっていた。

5.《月光の夕べ》

春が来た。背《せ》もまたちょっとのびて、クラス替《が》えもあって、オレたちは六年生になった。

昼休みになると、オレたちは、新しい教室からそれぞれピロティに集まった。

顔を見るなり、彩音《あやね》が言いだした。

「もう。信じられないっ。ママが、M学園受けろ、だって」

「M学園て、M音大付属《ふぞく》の？」

目をまるくしたマイちゃんに、彩音は思いきり口をとがらせた。

「そう。ママの母校。ほら、もうすぐ私立受験《しりつじゅけん》の希望者には、進路相談があるでしょ。それをやるって言いだしたの。あたしは、ピアノなんてやりたくないのに」

光平《こうへい》が、えっ？と声をあげた。

「だって彩音は、ピアノの先生の子どもじゃん」

「だから、それがいやなの。小さい時は当然て思ってたけど。言われながらピアノを弾《ひ》く

のが、だんだんいやになってきた。もう限界《げんかい》」

やっぱりそうだったのか。初もうでのあたりから、彩音《あやね》の中ではくすぶり続けていて、響子《きょうこ》先生に、いつ言いだそうかと迷《まよ》っていたにちがいない。

「この前の発表会もさんざんの出来《でき》だったのに、ママったらあきらめもせず、受験《じゅけん》だなんて、ありえない。だから、あたし、ついに言っちゃったの」

「もっと早く言えばよかったじゃん」

光平《こうへい》に言われて、彩音は肩《かた》をすくめた。

「それがねえ。なんだか期待《きたい》されていると思うと、言うのが悪いみたいな気がして……。イイ子を演《えん》じるのも、いやなんだけどね」

マイちゃんが、うなずいた。

「彩音は優《やさ》しいから。でもいいよ。期待してるのは、先生が彩音のことをちゃんと見てくれてるからでしょ。うちのママなんて、最近は、あたしになんにも言わないよ」

「マイがしっかりしてるからだよ。ピアノをあれだけやっているんだから、文句《もんく》のつけようもないでしょ」

彩音は、はあっとため息をついた。

「発表会も、今年で終わりにしようと思ったから、派手《はで》なドレスにしたんだけど。光平にも見せたかったな」

「げ。そんなの見たくねえ」

光平があとずさり。

「なによ、その態度《たいど》」

キッとした彩音に、マイちゃんがニッコリした。

「とっても、似合《にあ》ってたよ、あのドレス」

「マイこそ。モノトーンでスタイリッシュに決まってて、かっこよかったよねえ」

「そんなことないよ。あたしは、ドレス系《けい》は、似合わないだけ」

マイちゃんは、はずかしそうに言ったけど、オレも彩音に賛成《さんせい》だ。

発表会でのマイちゃんの姿《すがた》を思いうかべたとたん、思いだした。

マイちゃんの演奏《えんそう》が終わった時だ。客席《きゃくせき》から、じいっとマイちゃんを見ているおじいさんにオレは気がついた。どこかで会ったことがあると思ったら、初もうでの時に近づいてきた人によく似ていたのでびっくりしたんだ。

「結局《けっきょく》、確《たし》かめられなかったんだけどさ。たぶん、あのおじいさんだと思うんだ」

話したら、彩音と光平が同時にさけんだ。

「ええっ！」「またいたわけ？　あのじいさん」

「なんだか気味が悪いね」

彩音《あやね》が声をひそめ、光平《こうへい》はうでぐみをした。

「いや。孫《まご》とかがいて、発表会を見にくることもあるかもしれねえぞ」

「でも、生徒《せいと》さんのおじいちゃんにいたかな？　今まで見たことないよ。マイはどう？

知らないよね、あのおじいさん」

「ううん。初もうでの時、見ただけだよ」

マイちゃんは、首をすくめた。

めずらしく弱気な感じで、彩音が長いため息をついた。

「あ――あ。進路だのナゾのおじいさんだの。気がかりばっかりだねえ」


その気がかりのひとつにオレがまた出会ってしまったのは、それからしばらくしてからのことだった。

母さんから手紙を出すのをたのまれて、学校近くのポストまで行った時だ。帰る途中《とちゅう》、小石をけりながらガードレールに沿《そ》って歩いていたら、いつのまにか杉山《すぎやま》神社のふもとまで来ていた。

神社の小山に茂《しげ》る木々は、新緑から濃《こ》い緑に色を深めていて、もうすっかり初夏の色合いだ。上に広がる青い空がまぶしい。午後の木もれ陽《び》が、石段《いしだん》の上でちらちらと躍《おど》っている。心地いい五月の風に、紫色《むらさき》ののぼりも、手招《てまね》きするように揺《ゆ》れている。

誘《さそ》われるように石段をのぼっていった先で、だれかが一本松にはしごをかけているのが目に入った。

はっぴを着て、頭に手ぬぐいをまいている。松の木の手入れに来た植木屋さんだ。

何気なくながめていてぎくっとした。なんと、前に見かけたあのおじいさんだ。

むこうもこっちを見て、一瞬《いっしゅん》、おどろいた顔をしたと思ったら、声をかけてきた。

「きみはこの前、発表会で『小犬のワルツ』を弾《ひ》いていたよな」

「えっ？」

びっくりしたオレに、おじいさんは、顔をほころばせた。

「なかなかいい出来《でき》だった。人に聞かせる力がある。楽しませてもらったよ」

「ど、どうも……」

オレの演奏《えんそう》も聞かれていたのか。意外な事実に、くすぐったい気持ちでどぎまぎしていたら、おじいさんは、さらりときいてきた。

「きみはどこの小学校？」

「神木台《かみきだい》小です」

「この近くだね。じゃあ、この前の発表会に出た子たちも同じ学校なの？」

「そうですね、だいたい同じかな」

「あの時、『幻想即興曲《げんそうそっきょうきょく》』を弾《ひ》いていた女の子がいたが。あの子も？」

「はい。クラスはちがうけど、去年ドイツから転校してきて、おんなじピアノ教室になって……」

気をよくしていたから、あとさきも考えず、オレは、聞かれもしないことまでベラベラと教えていた。

「ほおお、そうか。ドイツにねえ……。いや、引きとめて悪かったね。ありがとう」

おじいさんは、はしごに手をかけてのぼろうとしたが、短く声をあげた。

「そうだ」

はっぴの下に手を入れると、紙きれを取りだして、オレにさしだした。

「もらいものなんだが、行かないか？　わたしは、松の手入れが終わりそうもないんでね」

《月光の夕べ　寒川修《さむかわおさむ》ピアノリサイタル》

ピアノコンサートのチケットだった。このピアニストなら、オレも名前と顔は知っていた。テレビや雑誌《ざっし》で何度か見たことがある。年はそんなに若《わか》くはなさそうだけど、きりっとして、ちょっと渋《しぶ》めのイケメンだ。

日時は、なんと、今日の夕方で、場所は、市民館だ。

なんでこんな有名なピアニストが、この小さな町まで来るんだろう。

半信半疑《はんしんはんぎ》でチケットをながめるオレを察《さっ》したように、おじいさんは言った。

「彼《かれ》は、ここの出身なんだ」

「へええ。そうだったんですか」

「とてもいい音を出すピアニストだよ。楽しんでくるといい」

「あ、はい。ありがとうございます」

オレは、言われるままに、チケットを受けとってしまった。

おじいさんは、ゆっくりはしごをのぼっていくと、すぐに手入れを始めた。細い松の葉っぱが、ぱらぱらと地面に落《お》ちてくる。

♪　♩　♫　♪♪

それが、楽譜《がくふ》の上で踊《おど》る音符《おんぷ》の棒《ぼう》や旗《はた》に見えてきて、オレは、ピアノコンサートに行ってみようと思った。

「行ってもいい？」

家に帰って、さっそく話したら、母さんは、目をまるくした。

「わ、寒川修《さむかわおさむ》じゃない。よくチケットがとれたわね。発売直後に完売って聞いたわよ」

「もらいもの、とか言ってたよ」

「関係者なのかしら、そのおじいさん」

想像《そうぞう》をめぐらせながらも、母さんは許可《きょか》を出してくれた。

「せっかくだから行ってきなさい。めったにないチャンスだしね」

オレは母さんに、ピアノの北海道行きは、もう少し待《ま》ってほしいとたのんでいた。

発表会の時の自分の演奏《えんそう》を思いだすたびに、あそこまで弾《ひ》けた満足感がよみがえってくるんだ。このままピアノを手放したくはない。

母さんも、発表会からのオレの様子を、ちょっとは認《みと》めてくれたようで、「わかったわ」と言ってくれた。ひとまず安心といったところだ。

オレは、母さんが急いで用意してくれた早めの夕飯《ゆうはん》を食べてから家を出て、市民館行きのバスに乗った。

日も落《お》ちて、東の低い空に、大きな月が、ぽっかりと姿《すがた》を現《あらわ》している。

市民館は、すでに大勢《おおぜい》の人たちであふれかえっていた。オレみたいな子どもは、ほとんどいなくて、若《わか》い人からお年寄《よ》りまで、男女を問わず、さまざまな年代が集まっている。

にぎやかだけど、どこかゆったりとした雰囲気《ふんいき》に満《み》ちていた。

はじまりを待つ楽しさを、どの人も知っているようだ。華《はな》やいだ香《かお》りがするのはきっと、オシャレな服を着ている女の人がたくさんいるからかな。

これが、ピアノコンサート特有の空気感なんだろうか。思いがけず、初めて直に触《ふ》れられて、オレは、ワクワクしてきた。

受付のうしろの壁《かべ》には、寒川修の大きな写真の下に『凱旋《がいせん》コンサート』と書かれたポスターが、何枚《まい》もはられている。その前に置かれた長机《ながづくえ》の上には、彼《かれ》のピアノ演奏が収録《しゅうろく》されたサイン入りのＣＤが販売《はんばい》されていて、おばさんやおじさんたち、ＯＬっぽい女の人たち、若いお兄さんなんかが、嬉々《きき》として買っていく。

演奏を聞く前に買うくらいだから、あの人たちは、寒川修のファンなんだろう。それとも、寒川修にあこがれて、ピアニストを目指している音大生だろうか。

オレは、ロビーからホールへ入り、チケットに印字《いんじ》された番号の席《せき》をさがして陣取《じんど》った。いくぶん前寄《まえよ》りで真ん中あたりの聞きやすそうな場所だ。まわりは大人だらけだったけど、それに混《ま》じっているだけで、オレも、いっぱしの大人になったような気分になり、イスにきちんとすわりなおして、コホンと咳払《せきばら》いなんかしてみた。

静かなざわめきの中で、入口でもらったパンフレットにあるプロフィールを読んだ。

「《寒川修》〇〇市△△町出身。東京Ｇ音楽大学を卒業後、ドイツ・ベルリン音楽大学に留学《りゅうがく》。同大学のシュミット教授《きょうじゅ》に師事《しじ》し、研鑽《けんさん》を積《つ》む。ベルリン国際《こくさい》ピアノコンクール金《きん》賞《しょう》受賞を始め、名だたるピアノコンクールでの受賞歴《れき》が多数ある。現在《げんざい》、ドイツ・ミュンヘン在住。

「月」を題材とした楽曲を好んで弾《ひ》くことで知られ、その表現力《ひょうげん》には定評《ていひょう》がある。どこか哀愁《あいしゅう》を帯《お》び、かつ優《やさ》しさに満《み》ちた独特《どくとく》の演奏《えんそう》スタイルから、『魂《たましい》を揺《ゆ》さぶる哀愁のピアニスト』と評《ひょう》され、ヨーロッパを中心として、海外でも人気が高い。

年に何度か帰国して、各地でコンサートを開催《かいさい》しているが、出身地での演奏は初めてとなる。故郷《こきょう》での開催は、『凱旋《がいせん》コンサート』と呼《よ》ぶにふさわしく、ふるさとの聴衆《ちょうしゅう》に感動を与《あた》えてくれるにちがいない」

寒川修《さむかわおさむ》って、すごいピアニストなんだ。

魂を揺さぶる哀愁のピアニスト。いったい、どんな演奏をするんだろう。早く聞きたくてたまらなくなってきた。

それに、『凱旋』というのは確《たし》か、勝って帰ってくる、という意味だ。ピアニストとして成功をおさめた、ということなんだろうな。ふるさとに帰ってきて、こんなにたくさんの人たちの前でピアノを弾くのは、きっと、ほこらしい気持ちでいっぱいだろう。もしかしたらマイちゃんも、将来《しょうらい》ピアニストになって、こんなふうに演奏会を開いたりするかもしれない。

舞台《ぶたい》をながめながら、あれこれと想像《そうぞう》しているうちに、始まりのベルが鳴《な》った。ほどなくタキシード姿《すがた》の寒川修が、さっそうと登場した。オレは、思わず見とれてしまった。本物は写真よりも、さらにかっこいい。がっちりとした長身で手足も長い。

寒川修が、グランドピアノに向かうと、八百人入る超《ちょう》満員のホールは、水をうったようにしずまりかえった。張《は》りつめた空気を静かに揺さぶって、演奏が始まった。

始まりはドビュッシーの『月の光』。続いて、ショパンの『ノクターン』、滝廉《たきれん》太郎《たろう》の『荒城《こうじょう》の月』……。《月光の夕べ》にふさわしい曲が演奏されていく。

初めて生で聞く、一流のピアニストの演奏は、おどろきと発見の連続だった。上手い、とかすごいだけじゃない。音の世界へぐいぐい引きこんでいく不思議な力をなんと呼べばいいんだろう。魔力《まりょく》？　魅力《みりょく》？　引きこむ力は、半端《はんぱ》じゃない。魔術師《まじゅつし》のように自在に音をあやつって、ある時は、しなやかに、ある時は、せつなく、もの悲しく、さまざまな物語を奏《かな》でていく。

ピアノを聞いて、涙《なみだ》が出たのは初めてだ。たとえばそれは、本を読んで感動したり、ドラマを見て心を打たれた時と同じ感覚かもしれない。耳に響《ひび》く旋律《せんりつ》が、心と自然に反応《はんのう》してしまうんだ。

とくに、最後の曲となったベートーベンの『月光』は、圧巻《あっかん》だった。第一楽章から第三楽章まで。時には、窓《まど》から静かにさしこむ月あかり。時には、水に映《うつ》って、さざ波《なみ》のようにゆらめく月の光が、胸《むね》の中に浮《う》かんでくる。音を聞いているだけなのに、どうして、こんなにも情景《じょうけい》が浮かぶんだろう。胸に染《し》みるんだろう。音をひとつも聞きもらしたくない。

最後の一音が鳴《な》って、演奏《えんそう》が終わると……。一瞬《いっしゅん》の間を置いて、地鳴りのような拍手《はくしゅ》がわき起こった。「ブラボー」あちらこちらから、さけぶ声がした。

オレも、手が痛《いた》くなるくらい拍手をした。

やっぱり、ピアノの音色が好きなんだ。

いつかオレも、あんなふうに弾《ひ》きたい。心の底《そこ》からあこがれた。


昨晩《さくばん》聞いたピアノの音色は、ずっと心から離《はな》れない。

つぎの日の昼休み。集まったピロティで、オレはさっそくみんなに話した。

「あのおじいさんにまた会うなんて、思ってもみなかったけど。おかげで、コンサートに行けて、生で寒川修《さむかわおさむ》の演奏を聞けて、オレもう、すっごく感動して、なんか、みょうにやる気になってきた。それに、おじいさんは、この前の発表会でオレが弾いたのも聞いてたんだ。びっくりだよね。なかなかいい出来《でき》、とか言われちゃったし」

興奮《こうふん》して、ひとりでペラペラしゃべっていたら、光平《こうへい》に口をはさまれた。

「もしかして、ねらわれてるの、おまえじゃねえの？　発表会でも杉山《すぎやま》神社でも、そのじいさんを見たのはタカだけだろ。しかも、甘《あま》い言葉までかけてきて。ヘンじゃね？　なんかたくらんでるかもよ」

うきうきした気持ちが、いきなりとびだした不穏《ふおん》な発言にさえぎられた。

「見ず知らずのじいさんが、チケットくれたり、ほめてくるなんて、あやしすぎー」

「それはないんじゃない？　おじいさんは、発表会で偶然《ぐうぜん》に見て、タカくんがピアノを習っていることを知ってたから、好意《こうい》でチケットをくれたんだと思う。その証拠《しょうこ》に、タカくんは、すごく感動したんでしょ。よかったじゃない」

彩音《あやね》が言うと、マイちゃんもうなずいた。

「あたしもそう思う。寒川修は、あたしもドイツでリサイタルを聞いたことがあるけど、ほんとにすばらしかった。そのおじいさんは、いっしょうけんめい練習して発表会で弾いてたタカくんに、プロの演奏を聞かせてあげたくなったんだよ、きっと」

「練習だってえ？　たかがピアノの発表会だろ」

ふたりがフォローしてくれたのに、光平は、『練習』の一語にだけ、するどく反応《はんのう》した。

「たかが、だってえ？　一曲仕上げるためにオレ、ものすごく練習したんだぞ」

「そんなの当然じゃん。ちょこちょこっと練習して、はい、できあがり、ってか。ピアノなんて、鍵盤《けんばん》たたけば音が出るんだろ。けど、走るのはちがう。全身で気合いを入れなきゃならないんだ。自分が毎日、どんだけ練習してるか、タカだって知ってるだろ」

光平《こうへい》は、ふふんと鼻を鳴《な》らした。くそっ。馬みたいなやつだ。

「いばるなよっ。ただ走ってるだけじゃん」

売り言葉に買い言葉。ふたりでにらみ合った。

「バカにしてんのか。ちゃらちゃらピアノを弾《ひ》く、おぼっちゃまとは、わけがちがうんだ」

「おまえこそ、バカにするなっ。ちゃらちゃら？　おぼっちゃま？　なんだよそれ」

「おまえ、真剣勝負《しんけんしょうぶ》やったことあるのかよっ」

「自分だけやってるようなこと言うなっ」

そっぽを向き合う中に、マイちゃんが入ってきた。

「タカくんは、ちゃらちゃらなんかしてなかった。でなきゃ、あんなふうには弾けなかったもん。ピアノは、そんなにかんたんなものじゃないんだよ。光平くん、知らないでしょ」

「知らねえよ、そんなの。ちょっとぐらいやって、見ず知らずの人にほめられたからって、その気になるなって言いたいだけ。甘《あま》いっつーの。自分なんか、ずうっと目標《もくひょう》持ちつづけて、いつも気合い入れてるんだ」

「そんなのよくわかってるよ。でも、あたしもちょっとちがうと思う」

彩音《あやね》も、めずらしく光平に言いかえした。

「マイが言うとおり、ピアノを弾くって、すごく大変なの。だから、あたしはやめたくなったんだし。それにね。みんながみんな、光平みたいにひとつの目標を持ってるわけじゃないんだよ。なにをどうしたいか、あたしもいつも考えてる」

「知るか」

光平が言いすてたあと、オレたちは押《お》しだまってしまった。

どんよりした空気をふりはらおうとしたんだろう。彩音が、おちゃらけてみせた。

「なあんて、あたしがしたいのは光平のお世話。今度の試合、がんばろうね。あたし、練習の時にアスリート弁当《べんとう》作るから。期待《きたい》しててね」

「いらねえし。ほっといてくれ」

「そうだよ。ほっとけ、こんなやつ」

オレのひと言で、ふたたび、ぴりぴりした空気がぶり返してしまった。

「ほら、もうやめようよ」

彩音が言った時、五時間目のチャイムが鳴りだした。

オレたちは、校舎《こうしゃ》へ急いだ。ばらけた足音が、てんでに砂《すな》ぼこりを舞《ま》いあげた。

6. どうした！　光平

考えてみたら、光平《こうへい》はいつだって、目的に向かってひとり先を走っていた。夏休みに入ってからも、九月の終わりに行われる陸上競技会《きょうぎかい》に照準《しょうじゅん》を合わせて突《つ》きすすんでいる。オレはそれを、のほほんとながめているだけだった。そんな様子を光平はずっと見てきたから、あんなふうに反応《はんのう》してきたんだと思いなおした。

だけど、発表会で弾《ひ》いてから、そして、あのピアノコンサートを聞いたことで、オレのピアノへの思いが、少しずつ大きくなっているのも確《たし》かだ。そんなオレの変化が、光平に伝わらなかったのはものすごくくやしかったが、オレはオレだから。自分に確かめた。

ピアノを続けるぞ。

電柱《でんちゅう》や街路樹《がいろじゅ》、公園、あちこちの家の庭木で競《きそ》うように鳴《な》いているアブラゼミやミンミンゼミにも誓《ちか》いながら、レッスンで教室へ行ったら、彩音《あやね》がうきうきせかせかと出かける準備《じゅんび》をしていた。

前に宣言《せんげん》した通り、フルタイムで働いている光平の母ちゃんの代《か》わりを買って出て、せっせと弁当《べんとう》作り。さしいれをしているらしい。

「今日はおにぎりだよ。光平の好きなおかか。それとゆで卵《たまご》。あ、これは白身《しろみ》だけね。黄身は、コレステロールが多いからだめなの。あと、ささ身をゆでたやつ。炭水化物《たんすいかぶつ》とタンパク質《しつ》をバランスよくとることで、たくましい筋肉《きんにく》ができる、てわけ。それから、水素《すいそ》たっぷりのミネラルウォーターと……」

熱く語っているところに、響子《きょうこ》先生が水をさした。

「彩音。レッスンがあるんだから早く帰ってらっしゃいよ」

「そんなのわかんないよ。光平の練習が終わるまで待《ま》ってるんだから」

「人はどうでも、自分のピアノのほうが大事でしょ。受験《じゅけん》だってそろそろ……」

「だからぁ、いいかげんにあきらめてよね。あたしはM学園を受ける気は、これっぽっちもありません。それよりも、マイのレッスンに集中したら？　学生ピアノコンクールの東京大会。うちの生徒《せいと》さんで初めての出場だもん」

「マイちゃんはだいじょうぶ。とても順調よ。彩音が心配することじゃないわ」

「それなら安心だ。だったらママも、あたしのことは気にしなくていいから。ママのためにピアノをやる気なんてないから！　じゃあね」

言うだけ言って、ドアも派手《はで》に鳴《な》らし、彩音《あやね》は出かけてしまった。

響子《きょうこ》先生は、やれやれこまったというようにこっちを向いた。

「あの子、すっかり、光平《こうへい》くんのマネージャーにでもなったつもりなのよねえ」

「あいつ、光平命だから」

「それより、ピアノ命になってほしいものだわあ」

ため息まじりの苦笑いから、「さてと」。先生モードに口調が切りかわった。

「始めましょうか」

「はいっ」

『ツェルニー40番』の楽譜《がくふ》をぴしっと開くと、やる気で背筋《せすじ》がぐいんとのびた。家で練習した通りにこなしていく。

弾《ひ》きおわると、響子先生は、きれいな花丸をつけてくれた。『よくできました』のしるし。

「タカくん。最近すごくいい調子ね。ちゃんと練習してるでしょう」

「わかりますか?」

じょうだんめかして答えたけど、指がおぼえた音を思いどおりに弾けるのはやっぱり気持ちがいい。音の世界がどんどん広がる感じがたまらない。ひとつ終われば、つぎをまた弾きたくなってくる。

それには練習、練習。やっぱり練習だ。少しずつでも積《つ》みかさねていくしかない。目標《もくひょう》があれば、なおさらだろう。練習にずっと全力をかたむけている光平の心意気《こころいき》が、今さらながらわかったような気がした。

真夏の太陽の下で走りつづけている光平を、オレはふと思いうかべた。

夏休み明けの光平は、もう絶好調《ぜっこうちょう》。自己《じこ》ベストの記録をどんどん更新《こうしん》していた。日本のトップアスリートで、オリンピックの陸上二百メートルの代表・小野哲司選手《おのてつじせんしゅ》の小学生時代の自己ベストにも迫《せま》る勢《いきお》いだ。半端《はんぱ》じゃなく真っ黒に日焼けした顔や体が、練習した成《せい》果《か》を物語っている。陸上競技会《きょうぎかい》に向けて、準備万端《じゅんびばんたん》だ。

光平は、校庭で準備体操《たいそう》をしながら、真っ白な歯を見せて笑った。

「苦手《にがて》だったスタートも、けりだしを改善《かいぜん》したおかげで、ようやくコツがつかめた」

「すげえじゃん」

やっぱり言うだけのことはある。ちゃんと気合いを入れているんだ。それに。

オレは、光平のランニングからはみ出した上半身の筋肉《きんにく》を見ながら言った。

「筋肉増強《ぞうきょう》のアスリート弁当《べんとう》も効《き》いたんじゃない？　彩音がずっと、熱心に作ってた」

光平は、はあっとつんのめった。

「あいつ、なんとかしてほしいんだけど。あれこれうるさすぎ。ほっといてほしいよ。心配ご無用。彩音《あやね》ご無用！」

彩音が聞いたら、ゼッタイ怒《おこ》りだしそうなセリフを吐《は》いて、光平《こうへい》は、校庭の地面につま先でさっと線を引いた。それをスタートラインに見立てると、うでをまっすぐにおろす。こぶしをつき、両ひざを曲げ、『用意！』の姿勢《しせい》を作った。

「ドンッ」自分でかけ声をかける。オレの二倍はある自慢《じまん》のふくらはぎを一瞬《いっしゅん》、緊張《きんちょう》させてダッシュした。

つぎの三連休の最終日に、いよいよ、市の陸上競技会《きょうぎかい》が行われる。これを突破《とっぱ》すると、さらなる晴れ舞台《ぶたい》、県大会が待《ま》っている。彩音は前々から応援《おうえん》に行くとさわいでいたけど、光平の雄姿《ゆうし》は、オレもやっぱり見たいし、応援したい。マイちゃんも誘《さそ》い、三人で行くことにした。

『祝・上田光平くん　200メートル走　県大会出場！』

学校の校門わきのフェンスに飾《かざ》られる、大きな垂《た》れ幕《まく》が待っている。

「がんばれよー」

さけんだオレに向かって、光平は、「うおうっ！」と、雄叫《おたけ》びをあげ、ガッツポーズをしてみせた。

陸上競技会当日は、朝から雲ひとつない秋晴れとなった。

オレたちの町の駅から、電車をひとつ乗りかえたところにある県営《けんえい》スタジアムに、オレは、彩音とマイちゃんと向かった。

遠足でもないのに、彩音がやけにふくれたバッグを抱《かか》えてきたのできいたら、彩音は待ってましたとばかりに説明をはじめた。

「いろいろあるよ。クラッカーは、光平がゴールした時に鳴《な》らすの。中身は散らからないエコタイプだからだいじょうぶ。あとであげるね。試合のあとの水素《すいそ》入りミネラルウォーターもある。紙コップも持ってきたから、みんなで乾杯《かんぱい》しようね。垂れ幕を作ろうかと思ったけど、さすがにそれは、県大会までとっておこうかな、って思って……」

「はあ。あいかわらず気が早いな」

「ほんと。でも、光平くん、きっと喜《よろこ》ぶよ」

オレは、マイちゃんと顔を見あわせて笑った。

マイちゃんはコンクールに向けた練習があるだろうから、もしかして応援はパスかな？とも思ったけど、三連休でふだんよりもたくさん弾《ひ》けるから、ちょっと息抜《いきぬ》きも兼《か》ねて出てきたって、さっき言ってた。でも、それだけじゃなくて、あれだけ光平の勝利を期待《きたい》している彩音《あやね》といっしょに喜《よろこ》んであげたい、って思ったのかもしれない。

マイちゃんのやわらかい笑顔を見て、オレは勝手に推測《すいそく》した。

「お天気になってよかったね。気持ちいい」

電車をおりて、スタジアムへの道で、マイちゃんが、太陽がまぶしい空を見あげながら目を細めたら、彩音は、はしゃいだ声で答えた。

「絶好《ぜっこう》の勝ち日和《びより》だね。さすが、あたしの光平《こうへい》は天気男!」

どこまでも、テンションが高い。

スタジアムのゲートから急な階段《かいだん》を上がり、たくさんの人たちに混《ま》じって、一般《いっぱん》の応援《おうえん》席《せき》で待《ま》っている間も、彩音はそわそわしっぱなしだった。

「まだかな、まだかな。だいじょうぶかな。あー、キンチョーする」

「ほらほら少しおちついて。だいじょうぶ」

やっぱり、いいコンビだ。冷静なマイちゃんが来てくれてよかった。オレは心の中でクスッと笑ってしまった。

そんなこんなをしているうちに、トラックでは、百メートル走が終わり、ついに、二百メートル走となった。

スタートラインへ進んだ光平の姿《すがた》に、彩音のテンションは、マックスになった。

「キャァ――、光平ー、が・ん・ば・れー」

いったい、どこから出しているんだか、半端《はんぱ》じゃなく黄色い声でさけぶ彩音に、まわりの人たちから注目されてしまったが、さすがにオレもドキドキしてきた。祈《いの》るような気持ちで、スタートラインに並《なら》んだ光平を見守った。マイちゃんも、両手の指をからめ、緊張《きんちょう》した面持《おもも》ちでトラックを見おろしている。

光平は、第四レーンだ。

「用意！」

ピストルを構《かま》えた審判《しんぱん》の声が響《ひび》きわたった。色とりどりのユニフォームを着た八人の選手《せんしゅ》たちが、手とひざをついて体勢《たいせい》を整《ととの》える。

――パンッ！

青空に向かって鳴《な》りひびくピストルの音で、選手たちは、いっせいにスタートした。けりだしが速く、真っ先にとびだした青色のランニングの光平に、オレは、思わずさけんだ。

「よっしゃーっ」

「フレッフレ、こ・う・へ・い、が・ん・ばっ・てー」

まわりじゅうで沸《わ》きおこる応援コールの中で、彩音もひときわ声を強める。

マイちゃんも、光平《こうへい》の順調な出足に、ニコニコしながら声援《せいえん》を送っている。

ところが、どうしたんだろう。途中《とちゅう》から形勢《けいせい》が変わってきた。その場の雰囲気《ふんいき》にのまれちゃったんだろうか。勝負どころのカーブで、光平は、思うようにスピードを上げられなかった。まず、となりの三番レーンの選手《せんしゅ》に追いぬかれた。そのあとも、追いあげてきた選手に、つぎつぎと抜《ぬ》かれていく。それで、あせりが先走ったのか、走りがブレだして、スピードが落《お》ちてきた。まずいぞ、光平。

「光平ー、ファイト————！」「抜きかえせーっ」「ダッシュしてー」

オレたちが、スタンドから声を限《かぎ》りにさけんでも、追い風にはならなかった。

直線コースでどうにか盛《も》りかえそうと、必死の追いあげを試みたが、力及《およ》ばず。光平は七位でゴールした。県大会に進めるのは、三位までだ。

まさかの結果に、彩音《あやね》は「あ、あっ、ああ」、悲鳴かため息かわからない声を出すと、「どうしよう」ベンチにもたれこみ、頭をかかえた。

オレはマイちゃんと無言で顔を見合わせた。

なんてことだろう。光平が、県大会への出場を逃《に》がしてしまうなんて……。

トラックの脇《わき》で両手をつき、体ごとうなだれる光平の背中《せなか》を、三人でぼう然とスタンドからみつめた。勝った選手たちは、観客に向けて手をふったりしている。

スタジアムの電光掲示板《でんこうけいじばん》に映《うつ》しだされる映像《えいぞう》が、二百メートル走から、フィールドではじまった走り高跳《たかと》びの試合に切りかわった。ジャンプが行われるたびに、まわりが新しいざわめきで揺《ゆ》れる。オレは、彩音とマイちゃんをうながした。

「もう行こうか」

試合が終わったら、スタジアムの門のところで光平と待《ま》ちあわせるやくそくをしていた。

三人とも、意気消沈《いきしょうちん》して待っていた。

光平が来たらなんて言おう。「ざんねんだったな」「気をおとすな」……？　考えたけどどれもだめだ。うまく浮《う》かばない。

しばらくすると、光平は、スタジアムの一階《かい》の出口から、日焼けした顔を影《かげ》みたいにくもらせてぬうっと現《あらわ》れた。

いっしょに喜《よろこ》ぶのはかんたんだけど、落ちこんだ姿《すがた》を見るのはつらい。なんてなぐさめていいかわからない。

声をかけられずにいたら、彩音が、ミネラルウォーターの大きなペットボトルをさしだした。

「ドンマイ、光平。緊張《きんちょう》しちゃったね。おつかれさま」

それは、彩音がせいいっぱい考えた言葉だったと思う。

だけど光平《こうへい》は、首をななめにかたむけて、彩音《あやね》をにらみつけた。

「なにがドンマイだ。ふざけんなっ。おまえ、うぜえんだよ」

オレは、ぎょっとして止めに入った。

「なんだよ、いきなり。やめろよ」

「そうだよ、光平くん。どうしてそんな？」

マイちゃんもなだめようとしたけど、止められなかった。

光平は、彩音に向かって、乱暴《らんぼう》な言葉をつぎつぎと投げつけた。

「もう、もうもうたくさんだ。いつもいつも、たのみもしねえのに、よけえなことばっか、しやがって。うんざりだ。めいわくなんだよっ。いいかげん、引っこんでろ！」

「そ、そんな……」

声をのみこむ彩音に、光平は引きつった笑みを浮《う》かべて追いうちをかけた。

「おまえってさ。人のために世話してるつもりかもしれないけどさ。じつはそうやって、やってあげてる自分が好きなだけなんだよ。マジ超《ちょう》うぜえ」

「……」

うなだれた彩音から、あからさまに顔をそむけると、光平はひとりで歩きだした。

彩音は、はあっと息を吐《は》きだしたと思ったら、すっと顔をあげた。地面に足を踏《ふ》んばって、光平の背中《せなか》に声をかけた。

「そうだよね。あたしは、自分がやりたいからやってるだけだった。よけいな世話ばっかり焼いてた。だから、集中できなかったんだよね。負けたのはあたしのせい。ジャマしてごめん。ホントにごめん」

ペットボトルの中身を、近くのサツキの植えこみにぶちまけた。

水素《すいそ》入りのミネラルウォーターは、スコールみたいな水しぶきになって、葉っぱを濃《こ》い色へ染《そ》めかえていく。

彩音はからっぽになったペットボトルを自動販売機《はんばいき》の横にあるゴミ箱《ばこ》へ投げすてた。

「ごめん。乾杯《かんぱい》、できなかったね」

無理やり作った笑顔で、マイちゃんとオレに言った。


光平は、すっかりやる気をなくしてしまった。陸上の練習はさぼってばかりだ。

彩音は、あの日以来、光平を避《さ》けている。昼休みもオレたちはばらばらに過《す》ごした。

様子を見にピロティまで行ったら、光平は、クラスのやつとふざけていた。のびきったゴムひもみたいに緊張感《きんちょうかん》のない体でへらへらと笑ったので言ってやった。

「まったくもう、いつまでへこんでるんだよ。つぎのチャンスだってあるだろ」

「うるせえ、勝負は一度で決まるんだ。あれはゼッタイ勝てる試合だったんだ」

一瞬《いっしゅん》、背筋《せすじ》をのばして声をとがらせたけど、すぐにだらけた。

「もういいじゃん。ほっといてくれ」

そこへマイちゃんが現《あらわ》れた。みょうに表情《ひょうじょう》をこわばらせている。

「光平《こうへい》くん、彩音《あやね》にあやまらないの？」

「へ？」

「あんなこと言われて、彩音はショックだったと思うよ」

「知るか」

「まだそんなこと言ってる。とにかく彩音の気持ちを考えてあげて」

にこりともしないで、マイちゃんは、行ってしまった。

「なんだよあいつ。けっこうおせっかいなんだな。彩音に似《に》てきたんじゃねえの？」

「心配してるに決まってんだろ。おまえと彩音のこと」

「彩音なんか、関係ないもんねー」

「それはないだろ」

どうした！　光平。いいかげんにしろよ。

どつきたかったが、根性《こんじょう》をなくした光平は、紙みたくうすっぺらい。なにを言ってものれんにうで押《お》し。おまけに信じられないくらいチャラくなっていた。

「それよりもタカくん。聞いてくれる？　じいちゃんちに行ったらね、おこづかいをくれたからゲームの攻略本《こうりゃくぼん》を買いに本屋まで行ったんだ。そしたら、となり町の小学校の女の子と知り合ってさ。なんと、同じ本を買いに来てたんだ。そんで話してるうちに、今度いっしょにゲームセンターへ行くやくそくしちゃった。いいだろ。へへへ」

だめだ、こりゃ。こんな姿《すがた》は、彩音には見せられない。

気にしていたら、学校の廊下《ろうか》で、彩音とばったり出くわした。

「光平、彼女《かのじょ》ができたんだってね」

「え、なんで知ってるの？」

「うちのクラスに来て、大きな声でしゃべってた」

「いい気なもんだよな、あいつ」

「いいよ、タカくん。べつに気をつかわないで。よく考えたらあたし、光平を趣味《しゅみ》みたいにしてたのかも。まとわりつかれる光平だって、いいかげんうざい、って思うよね」

彩音は、ぶるんと頭をふった。

「もういいや。もうすぐ合唱《がっしょう》コンの練習も始まるし。歌えば気もまぎれるよね」

投げやりな調子が、強がりにも聞こえて、オレは、やっぱり悲しかった。

7. 合唱《がっしょう》コンクールの音色

彩音《あやね》が言っていたのは、毎年十月に行われる合唱コンクールだ。開校当初から続く伝統《でんとう》の行事で、学年ごとに四クラス対抗《たいこう》で金賞《きんしょう》を目指すんだ。オレのクラスでも、ある日の『帰りの会』の時間に話しあいをはじめた。

歌う曲は毎年、担任《たんにん》の先生たちが選《えら》ぶことになっている。うちのクラスの担任は、久保《くぼ》先生だ。オレの父さんと同じくらいのおじさんだけど（失礼《しつれい》！）、いつも元気で前向きだ。歌が好きで、廊下《ろうか》を歩きながら、なにやら口ずさんでいるのをよく見かける。どっちかと言うと、全体的におとなしめなうちのクラスを、なんとか盛《も》りあげようと授業中《じゅぎょうちゅう》に冗談《じょうだん》をとばしつつも、オヤジギャグなので、ほとんどがスベる。

女子の間では、「久保先生って暑苦しいよね」とか言われたりしているけど、きらわれているわけではないようだ。めげずにトライしてくる姿《すがた》が憎《にく》めない。おもしろい先生だ。

久保先生は、楽譜《がくふ》のコピーを各列《かくれつ》に配ると、黒板に歌のタイトルを大きく書いた。

『明日輝《かがや》け！』

「きみたちのために、とびきりすてきな曲を選んできたぞ」

明るく言ったので、あちこちの席《せき》でささやきがとびかった。

「たのんでないよ」「ほんと」

聞こえたんだか聞こえないのか、久保先生は首をのばし、楽譜が全体に配られたのを確《かく》認《にん》した。持ってきたCDコンポに、CDを入れながら言った。

「まず、歌を流すから聞いてくれ。ぼくはこの歌、好きなんだよなあ。歌は心の栄養《えいよう》になるっていうけど、とくにこの歌は、栄養たっぷりだ」

「栄養たっぷりだってさ」「へんなの」「じゃあ、歌ったら、太《ふと》るじゃん」

それは聞こえたみたいだ。久保先生は、すかさず返した。

「あ。ダイエットしたい子にはすまなかったな。けど、歌えばやせるぞ」

「うん。歌うのは、有酸素《ゆうさんそ》運動《うんどう》だからいいんだよね。テレビで言ってた」

まともに反応《はんのう》した子に、先生は「ほーら、そうだろ?」と、うれしそうに答えた。

コンポから流れだした歌を聞きながら、先生が言う意味がわかる気がした。

――昨日があって今日が来る。今日の先には、明日がある。ずうっと続く時間の中で生まれる喜《よろこ》び。昨日と今日を積《つ》みかさねて、輝く未来を作りたい。

来年は、小学校からはばたくオレたちの未来へのメッセージソングって感じだ。四分の四拍子《びょうし》の弾《はず》むようなリズミカルなメロディーも気に入った。

「どうだ。いい歌だろ」

満足げに言った久保《くぼ》先生に、反論《はんろん》は出なかった。

つぎは、音のパート決めなので、学級委員の鶴田《つるた》さんが前に出てきて、司会《しかい》をした。

歌は、二部合唱《がっしょう》だ。高音パートか低音パートに、男女の区別なく分かれる。

成長期《せいちょうき》にあるオレたち、特に男子は、声変わりをしているやつもだんだんと出てきているから、ふりわけがけっこうむずかしい。去年なんかは、きれいなボーイソプラノで高音パートを練習していた男子が、ある日起きたら声変わりをしちゃってて、歌えなくなった、てこともあったと、久保先生が、なつかしそうに話した。オレは、もともと声が低いほうなので、低音パートになった。ふたつのパートの数が大体そろうように、みんなでやりくりした。

ところが、最後のピアノ伴奏者《ばんそうしゃ》決めになったとたん、教室の空気がどんよりとしてきた。伴奏をしたい、って子がいない。

司会の鶴田さんが、こまって、眼鏡《めがね》ごしに目を泳がせた。

「だれかいませんか？　推薦《すいせん》でも、立候補《りっこうほ》でも」

「六年最後の行事だぞ。だれか、ピアノで盛《も》りあげてくれよ」

久保先生が、明るく見まわしたが、教室は、静かなまんまだ。

二十八人のこのクラスに、ピアノを習っている子は、けっこういるはずだ。オレも含《ふく》めて、確《たし》か五人はいたような。

オレは、自分の席《せき》からこっそり首を回して、何人かをちらちら見た。

どの子も、下やそっぽを向いて、自分から手をあげる感じじゃなさそうだ。

ピアノ伴奏は、責任《せきにん》があるし、失敗《しっぱい》したら、みんなになにを言われるかわからない。それに、ひとりだけ目立つのもいやだ、ってこともある。かといって、だれかを推薦《すいせん》して、あとでうらまれるのもごめんだ。それもわかる。

けれど、クラスにただようどんよりとした空気を吸《す》ったり吐《は》いたりしているうちに、なんだか無性《むしょう》にイライラしてきた。机《つくえ》がカタカタ音をたてるので、下を見て、えっ？ってなった。無意識《むいしき》にオレ、貧乏《びんぼう》ゆすりをしていた。おまけにひざの上で、両手の指をツンツンとはじいている。いつのまにか、ひどくおちつかなくなっていたんだ。

『今日の議題　ピアノ伴奏者決め』

鶴田さんが書いた白い文字が、正面の黒板に宙《ちゅう》ぶらりんで浮《う》かんでいる。

それをながめながら、オレは考えた。イライラするのは、本当に、このじとっとした雰《ふん》囲気《いき》のせいなんだろうか。

ますます強くなる貧乏《びんぼう》ゆすりのひざの上で、ツンツンする指も止まらない。オレは、はっとした。この動きは、ピアノを弾《ひ》いている指と同じじゃないか。

だれかが言いだせばいいことなのに。さっきからそう思っていた。そのだれかって、もしかして……。じつは、このオレだ。オレがピアノを弾きたいって思っているんだ。

オレは、おなかにぐっと力を入れた。

「やってもいいよっ」

みんなの視線《しせん》がいっせいに集まった。

とたん、オレは急に不安におそわれた。ひとりで空まわりしてるやつだ、って思われたらどうしよう。

でも、鶴田《つるた》さんは、ほっとしたようだ。

「わあ、よかった。沢《さわ》くん、ピアノ習ってるものね。ありがとう！」

「上手くできるかわかんないけど。オレ、歌うと音程《おんてい》はずしそうなんで」

てれくさくなったので、冗談《じょうだん》を言ったら本気にされた。

「沢くん、オンチだったんだ」

「あ、いや……」

「だいじょうぶ。歌は任《まか》せて。みんなでがんばるから」

久保《くぼ》先生も、完全な受けねらいだ。あやしげなイントネーションで声をあげた。

「みんなもごっつうパワー出してや！　金賞《きんしょう》目指そうやん」

ワッと明るいどよめきが起きて、ひとりが返した。

「しゃあないなあ、ほな、やろか」

わけわかんないけど、なんかいい感じに教室の空気がほぐれて、『帰りの会』は終わった。


そのあとオレは、『明日輝《かがや》け！』の伴奏用《ばんそうよう》の楽譜《がくふ》をもらいに、職員室《しょくいんしつ》へ行った。

「沢、引き受けてくれてありがとな。あとは任せた！」

肩《かた》をバシッとたたかれた。

「任せた」なんて言われると責任《せきにん》重大だけど、初めて、自分で決めた目標《もくひょう》だ。この伴奏を納得《なっとく》がいくように弾く。

「わかりました。任せてください！」

大口をたたいてしまった。そのままの勢《いきお》いで、さっそく感じをつかんでみようと思い、音楽室に行った。学校のピアノのタッチも確《たし》かめておきたい。

すると、ひとりの女の子の歌声が聞こえてきたんだ。ドアのすき間からのぞいて、オレはおどろいた。彩音《あやね》だった。こっちに気がついて、はずかしそうに声を止めた。

「やだ、タカくん、どうしたの？」

「オレ、伴奏《ばんそう》することにしたもんで、ここでピアノを」

「わっ！　やるんだ」

「彩音はなんで、ひとりで歌ってるわけ？」

「ん？　ちょっとね。ま、いいじゃない。気にしないで」

一瞬《いっしゅん》、うろたえたようにも見えたけど、彩音は、すぐに切りかえた。

「タカくんもがんばって。といっても、うちのクラスも負けないからね」

「オレたちだって」

ライバル宣言《せんげん》をして笑いあうと、彩音はふっと真面目《まじめ》な面持《おもも》ちになった。

「あたしね。いやなことから逃《に》げたいから、とかいうんじゃなくて、今は、マジで歌いたい、って思ってる」

「そっか」

オレは、少し安心した。この前は、歌で気をまぎらわせるなんて投げやりな感じで言ってたけど、歌っているうちに、少しは気持ちにゆとりがもどってきたのかもしれない。

「タカくん、知ってる？　マイったら、東京大会が迫《せま》っているのに、伴奏やることになっちゃったんだよね」

なっちゃった？　気になる言いまわしをした上に、彩音はまゆをひそめた。

「マイ、だいじょうぶかなあ」

「どういうこと？　だいじょうぶだと思ったから引きうけたんじゃないの？　マイちゃんは根性《こんじょう》あるし。なんか問題あるわけ？」

「うん、ちょっと。あのクラス……」

「なに？」

「あたしがよけいな心配する必要もないか。また、悪いクセが出ちゃった」

彩音は、ペロッと舌《した》を出した。

人の心配をするのは、ちっとも悪いクセじゃない。それが彩音のいいところだ。だけど、光平《こうへい》にあんなことを言われたせいで、今はまだ、おく病になっていてもおかしくない。

「じゃあ、タカくん、しっかりね。でもいい？　金賞《きんしょう》はあたしたちがもらうからね」

彩音は、明るく音楽室を出ていった。

——ガンバレ。

オレは、彩音の背中《せなか》にそっと声をかけた。

それから、楽譜《がくふ》をピアノに立てた。

彩音《あやね》が本気で歌うなら、オレも本気で弾《ひ》こう。

しばらくの間、オレは音を拾《ひろ》うのに没頭《ぼっとう》した。


それから二週間。六年生の各クラスが、放課後順番《ほうかごじゅんばん》に音楽室に集まって、歌の練習をした。塾《じゅく》やおけいこがある子は、家で歌うのが宿題になった。練習に出ても、ふざけてばかりでまともに歌おうとしないやつもいた。

二回目の練習の時も、学級委員の鶴田《つるた》さんが、必死にまとめようとしていた。

「みんなで金賞《きんしょう》目指そうよ」

ところが、ひとりが、鶴田さんにいじわるな質問《しつもん》をした。いつもテストで、鶴田さんと一、二番を競《きそ》っている菅山《すがやま》くんだ。

「金賞とって、どうなるんだよ。賞状《しょうじょう》をもらうだけじゃん。あほらし」

「みんなで歌って金賞とれれば、うれしいでしょ」

鶴田さんは真面目《まじめ》に答えたのに、ふふんと鼻で笑われた。

「鶴田は一番が好きなんだよな。つきあってられないよ。勝手にやれば」

「そんなこと言わないで。歌おうよ。ね。六年最後の行事なんだし。お願《ねが》いっ」

「お願いってなに？　鶴田のために歌え、ってこと?」

わざとやりこめているようだ。

「そんなこと言ってない。あたしはみんなで歌おうと思っただけで……」

「だから、歌いたくないって言ってるだろ。ひとりで仕切るなよっ」

菅山くんは、一度言いだしたら引っこまずに、言い負かしてくるタイプだ。それがわかっているので、だれも取りなそうとはしない。そっぽを向いたきりだ。

鶴田さんは、しくしくと泣きだした。横で友だちの山川さんが、こっそり「だいじょうぶ?」と顔をのぞきこんだまま、いっしょにうつむいてしまった。

菅山くんは、しらっと言った。

「みんな帰ろうよ。ぼく、塾の宿題があるんだ。練習は、はい、おしまい」

みんなが、ざわめきだした。あちこちで顔を見合わせている。

オレも、ピアノのイスにすわったまま、どうしようかとおろおろした。

鶴田さんはみんなで歌いたい。菅山くんは、歌いたくない。でも、これはきっと、ふたりだけの問題じゃない。音楽室の中で、クラスのひとりずつのちがった気持ちが、ごちゃ混《ま》ぜになっている。

だったら、同じ歌を歌えばいいじゃないか。オレは思った。歌いたくても歌いたくなくても、今ここで同じ音を聞いたらどうだろう。だったら、弾いてみよう。

オレは、ぐっと勇気《ゆうき》を出した。口が言う代《か》わりに、両手を動かして弾《ひ》きはじめた。

初めの二十秒間《びょう》は、前奏《ぜんそう》だ。それに続いて、歌がはじまる。

だけど、突然《とつぜん》、響《ひび》きはじめたピアノといっしょに歌いだす子はいなかった。みんな、ぎょっとして、身を固くしているようだ。それでも、オレは、弾くのを止めなかった。オレは、ピアノを弾くって決めたんだ。『明日輝《かがや》け！』を納得《なっとく》がいくように弾く。それには、みんなに歌ってもらわなくちゃ、なんにも始まらない。そのために、家で毎日、たくさん練習をしているんだ。

三十秒、四十秒……。オレの指から、ピアノのカラオケが流れていく。

オレと同じく、勇気を出してだれかが歌いだしてくれれば……。期待《きたい》しながら弾いたのに、楽譜《がくふ》の最後まで来てしまった。だったらもう一度。こんなにいい曲なんだ。声が聞こえるまで、弾けばいい。オレは、夢中《むちゅう》でくり返した。

曲の真ん中あたりまできた時、山川さんが、鶴田《つるた》さんの手を引っぱって、ピアノの横まで来て、歌いだした。

♫　明日へ続く空にある　雨雲ひとつ吹《ふ》きとばし……。

山川さんの声が、ピアノに乗ったと思ったら、つぎにひとり、男子の声が重なってきた。

それから、だんだんと声は増《ふ》えて、ちらっと見ると、鶴田さんも歌っていたので、ほっとしながら、一番を弾きおえた時。

ガラッと音楽室のドアがあいて、久保《くぼ》先生が顔を出した。

「お、いい調子。みんながんばってるな」

ちょうどすぐ近くにいた菅山《すがやま》くんを、ニコニコしながら激励《げきれい》した。

「期待してるからな。金賞《きんしょう》はどうでも、歌は楽しめ」

まさか。先生は、今の様子を見ていた？

オレたちが、おたがいに、まごつきながらもぞもぞする中で、

「あ、ああ、はい」

菅山くんは、答えにつまっていた。

オレは、菅山くんが帰らなくてよかったと思った。こうして、みんなで歌いはじめられたんだ。これなら、だいじょうぶかもしれない。

それからの練習で、だんだん声もそろってきた。人の声は、いつも同じじゃない。「生もの」だ。弾きながら聞いているうちにわかってきた。だから、その時の歌の調子に合わせて、オレは、ピアノのテンポや強さを加減《かげん》できるように努力した。

家での練習も、ラストスパートだ。

「あーら。ずいぶん気合いが入っているじゃない」

母さんも、目を見張《みは》るくらい、オレは熱心に練習を続けた。

合唱《がっしょう》コンクールの日。

秋めいて、少しひんやりとした土曜日の体育館には、朝から児童たちの家族がつめかけた。母さんと響子《きょうこ》先生の姿《すがた》もある。父さんも来るって言っていたけど、ピアノの発表会の時と同じく、急に出張《しゅっちょう》が入ってしまった。

体育館のイスは、いつの間にかいっぱいにうまった。

校長先生のお話が終わると、最初がうちのクラスの出番だ。

菅山《すがやま》くんが、鶴田《つるた》さんにつっかかった時は、どうなることかと、ひやひやだったけど、いっしょに歌っていくうちに、菅山くんも変わってきたみたいだ。

この前なんか、給食当番で、おかずのシチューをよそってあげた時、「沢《さわ》くんだいじょうぶかよ？　ピアノ、しくじらないでよ」って言われた。あいかわらず、イヤな言い方を平気でするやつだけど、きっとちょっとズレているだけで、本当は、はげましのつもりかもしれない。オレは「うん、がんばる」って笑ってひと言返した。菅山くんも、ピアノに期待《きたい》してくれてる、ってことだ。

たった二週間の練習でも、クラスがちょっとはまとまった気がする。

舞台《ぶたい》に全員がきれいに並《なら》んだところで、オレは、おじぎの和音《わおん》を元気に鳴《な》らした。
『明日輝《かがや》け！』の始まりだ。
二十秒《びょう》間の前奏《ぜんそう》を待って、みんなが歌いだした。

♫　昨日のきみは悲しくて　こらえたままでひざを抱《だ》く
　朝日がきみを照《て》らしても　昨日の涙《なみだ》は乾《かわ》かない

やや低調な始まりから、だんだんと明るく盛《も》りあがっていく。

♫　たとえ答えがわからずに　今日また過《す》ぎてしまっても
　それでも忘《わす》れないでいて　ぼくがそばにいることを

メロディは、サビの部分に入り、ハモった声もひときわ力強さを増《ま》していく。

♫　明日へ続く空にある　雨雲ひとつ吹《ふ》きとばし
　ぼくは涙も吹きとばす
　明日の空をお日さまが　きみを照らして輝けば

オレも、いつしか、心の中でいっしょに口ずさみながら伴奏《ばんそう》を続けていた。
聞いている人たちから、手拍子《てびょうし》が起きた。すごくいい感じだ。
声も弾《はず》む。ピアノも弾む。

♫　昨日も今日も乗りこえて　きみが一歩をふみだせば
明日きっと輝《かがや》ける　ぼくもいっしょに輝ける
明日輝け　明日輝け……。

三番まで続く五分半が、舞台《ぶたい》の上で過《す》ぎていった。

終わると、大きな拍手《はくしゅ》と笑顔をもらった。母さんが、手をふるのが見えた。久保《くぼ》先生も、満面に笑みを浮《う》かべて大きくうなずきながら拍手をくれた。

聞いてくれた人たちの気持ちが、どっと伝わってきて、オレは、胸《むね》がいっぱいになった。

鶴田《つるた》さんも山川さんも、うれしかったんだろう。ふたりとも、目もとをうるませている。

菅山《すがやま》くんが、素直《すなお》に笑っていたのはびっくりだった。なんともいえない達成感を味わいながら、オレも並《なら》んで舞台をおりた。無事に終わってよかった。

ほっとしたのもつかの間、つぎがマイちゃんたちのクラスだったので、オレは、思わず身がまえてしまった。

彩音《あやね》が心配していた理由が気になって、オレはこの前、マイちゃんのクラスの女子にきいてみたんだ。

どうも、マイちゃんが転校してきた時に、あれこれとかげ口をたたいた女子たちが、からんでいるらしい。マイちゃんが、今度、東京大会に出るのを知って、わざと伴奏《ばんそう》を押《お》しつけたって言うんだ。マイちゃんがピアノが上手いのがくやしいってことか。だからって、なんでそんなバカげたマネをするんだ。

内心、ひとりでいきまいていたら、ピアノの音が響《ひび》きはじめた。

曲は『バースデイ』。生まれた日の喜《よろこ》びが、ドラマチックに描《えが》かれている歌だ。バラード調のゆったりとしたメロディで、オレも好きだ。

さすがマイちゃん、カンペキなタッチの前奏《ぜんそう》だ。だけど、続く歌声は、なんだろう。わずかに声の調子が、ピアノからずれているところがあるように、オレの耳には聞こえたんだ。リズムがかなりゆっくりなので、ハモるのがむずかしそうだ。それに、このクラスは、三部合唱《がっしょう》だ。二部合唱よりも難易度《なんいど》が高いだけあって、三つのパートがぴったり合えば、すごく美しく聞こえるはずだ。それなのに。

舞台をさがしてわかった。おかしな音の出どころは、やっぱり例の女子たちで、中間のパートだ。音をずらしている、というより、テンポをピアノからわざと微妙《びみょう》に遅《おく》らせているようだ。マイちゃんにピアノを押しつけた上に、こんなことまでするのか。

マイちゃんは、必死に弾《ひ》いている。そんなに力まなくてもいいのに。オレは、じりじりしながら聞くしかなかった。最後まで、歌と伴奏がかみ合わないまま、演奏《えんそう》は終わってしまった。演じるほうも聞くほうも、楽しまなければ意味がないのに。

ひどく後味の悪い思いを引きずっていると、光平《こうへい》たちのクラスになった。

ぞろぞろと舞台《ぶたい》に並《なら》んだ一番はしっこに光平がいて、手には、ド派手《はで》なピンクのマラカスを持って、ぼうっとつっ立っている。

ひょうきんな男子や元気な女子が多いクラスなので、担任《たんにん》の先生もちょっと奇《き》をてらい、ノリのいい歌を選《えら》んだようだ。『木の葉のサンバ』。かなりアップテンポのラテンのリズムだ。それで、マラカスを使うってわけか。オレの興味《きょうみ》は、光平の手もとに集中した。

スタッカートが効《き》いたピアノの前奏《ぜんそう》が始まったとたん、光平は体をくねらせ始めた。軽快《けいかい》で、明るいリズムの歌声の中で、やけくそみたいにステップをふんで、マラカスをめったやたらとふりまくる。その様子に、オレは、むっとした。光平の出す音は、まるで雑音《ざつおん》だ。みんなはいっしょうけんめい歌っているのに、ひとりでだらけて浮《う》いている。楽器をいったい、なんだと思っているんだ。アスリートだったら、マラカスで正々堂々《せいせいどうどう》勝負しろ。音楽を甘《あま》くみるな。引っこめ、光平。

聞いている間じゅう、舞台から引きずり下ろしたい衝動《しょうどう》にかられてしまった。

オレのクラスもそうだったけど、ひとつの歌に向かって、気持ちを合わせなきゃならない合唱《がっしょう》は、やっぱりむずかしいのだ。

最後は、彩音《あやね》たちのクラスだった。

タイトルは、『天使のささやきに』。オレは知らない曲だ。タイトルからして、静かそうだけど、いったいどんな歌なんだろう。彩音もがんばると言っていたし。

オレは、始まりを待《ま》った。

しっとりとやわらかく流れはじめたピアノのメロディーに、体育館は一転、教会のような静けさに包《つつ》まれた。ピアノととけ合った歌声は、きれいにハモっている。これも三部合唱だ。各パートがバランスよく重なり合って、声に厚《あつ》みがある。相当練習を積《つ》んだにちがいない。

天空を舞うおおらかな天使たちの様子を描《えが》いた歌に、ゆったりとした気持ちになってきた時、彩音が列から一歩前へ出て歌いだした。

おどろいた。ソロもあるんだ。三部合唱とのコントラストをねらったのかもしれない。そうか。前に音楽室で、彩音がひとりで歌っていたのは、このためだったんだ。なにも言わなかったのは、意表をつきたかったんだろうけど、ひとりで歌うなんて、思いもよらなかった。あの時から彩音の中では、歌いたい、って気持ちが固まっていたのかと、改めて気がついた。

両手を祈《いの》るように組んで舞台の真ん中で歌う彩音は、いつもとちがって、とても大人びて見える。

♫

鐘《かね》の音に祈《いの》りを乗せて　そっと耳をすませば
聞こえくる天使のささやきに
愛《あい》は満《み》ち満ちて　心ふるわす
天よりふりそそぐ　美しきその声は……。

よく通るのびやかな声が、心地いい。心をこめて、語りかけるようにていねいに声をピアノに乗せていく。天使がいたら、きっとこんなふうにささやくんだろう。彩音《あやね》がこんなに優《やさ》しくてやわらかな声をしていたなんて知らなかった。

まわりもみんな、うっとりと聞いている。ソロから三部合唱《がっしょう》へのつながりも、彩音はごく自然にやってのけた。フィナーレを迎《むか》え、ピアノの音色とともに、歌は、聞いている人たちの心の中へ入りこむと、すうっと終わりを告《つ》げた……。

クラスの発表は、すべて終了《しゅうりょう》。緊張《きんちょう》もすっかりゆるみ、どのクラスもにぎやかさを取りもどした中で、結果が発表された。金賞《きんしょう》には、彩音たちのクラスが選《えら》ばれた。思った通り、三部合唱とソロの見事なコラボが、金賞をゲットした大きな要因《よういん》になったみたいだ。

オレは、ちょっと残念だった。うちのクラスだって、かなりいい線いってたと思う。

でも、鶴田《つるた》さんが言ったんだ。

「みんなで歌えてよかったよね。金賞は取れなかったけど、あたしたちの歌おうって気持ちは、じゅうぶんに伝わったと思う。沢《さわ》くんも、ピアノ、ご苦労さまでした。すごく歌いやすかった。それに、みんなをつないでくれてありがとう」

「いや。オレは、ピアノを弾《ひ》いただけだから」

そこへ、久保《くぼ》先生が、勢《いきお》いよくやってきた。

「みんな、輝《かがや》いてたぞ。感動した」

「はい。オレたち、すごく楽しかったです」

「ぼくはくやしいです」

くちびるをかんだのは、なんと菅山《すがやま》くんだったけど、そのあとで言ったことは、負け惜《お》しみじゃないとオレは思った。

「金賞は取れなかったけど、本当は、歌に勝ち負けはないんですよね。勝ち負けだけにこだわるなら、ジャンケンすればすむことだもん」

「お。菅山、いいこと言うじゃないか」

クラスのみんなの心に、きっと栄養《えいよう》がついたんだ。伴奏《ばんそう》をして、本当によかった。

表彰《ひょうしょう》もすんで、みんなが体育館の出口へ流れはじめた。

彩音《あやね》たちが、大喜《おおよろこ》びしているのが見えたので、オレは近づいた。

「おめでとう。三部合唱《がっしょう》もすばらしかったけどさ。やっぱりソロが決め手だったね。マジ、おどろいちゃったよ。地声と全然ちがってきれいな声なんだもん」

「なによ、それじゃあ、ふだんはきたないってこと?」

「あ、いや。そういう意味じゃなくて」

「わかってるよ。ありがと、タカくん。さっきね。ママに言われたの。『すごくいい顔で歌っていたね』って。なんか、わかってもらえたかもしれない」

笑った彩音に、オレも笑顔でうなずいた。

彩音の歌いたいと強く願《ねが》う気持ちが、響子《きょうこ》先生の心にも、きっとまっすぐに届《とど》いたんだろう。彩音は、自分がやりたいことを、ようやくみつけたんだ。

オレは、歌の持つ力を、改めて強く感じた。

「それで、あたしね。今度、区でやってる合唱団《だん》に入ることに決めたの。歌なら、いくらでも歌いたいから」

そのとき、彩音はオレの肩《かた》ごしに、目を見ひらいた。

「ねえねえ。あれって、あのおじいさんじゃない? マイとしゃべってる」

「えっ?」オレはふりむいた。

体育館からは、校舎《こうしゃ》へ続く外廊下《そとろうか》がある。子どもたちは、校舎への入り口からどんどん中に入っていき、見にきていた人たちは、校門へぞろぞろと向かっている。

その流れをよけて、通路の脇《わき》で立ち止まっているのは、確《たし》かにマイちゃんとおじいさんだった。うしろ姿《すがた》なのでマイちゃんの顔は見えないが、おじいさんの口が動いているのは、ここから見える。

こんなところにまで来るなんて。いったい、なにを話しているんだろう。

わけのわからない不安が、不協和音《ふきょうわおん》のように、オレの胸《むね》の中に広がった。

8. 彩音《あやね》の力

オレは、はっきりと思いだしていた。

おじいさんと五月に杉山神社《すぎやまじんじゃ》でばったり会ったあの時、マイちゃんのこともきかれたんだ。ほめられていい気分だったから、学校の名前やマイちゃんがドイツから来たことまでペラペラ話した記憶《きおく》がある。

「どうしよう。オレのせいかも。やっぱりマイちゃんがねらいだったのかもしれない」

「ねらい、ってなに？　まさかストーカー？　とにかくきいてみよう」

不安そうな彩音と、体育館から外廊下《そとろうか》に出て、マイちゃんたちに近づいていこうとしたら、会場整理をしていた先生から、「早く校舎《こうしゃ》に入りなさい。もう給食の時間よ」と早口でうながされた。

その声が聞こえたようだ。おじいさんもあわてた様子で、マイちゃんから離《はな》れた。校門への人の流れにまぎれていった。

マイちゃんが、ひとりで校舎の中へ入っていくのを、オレと彩音で追いかけた。三階《かい》にある六年生の教室へ行く途中《とちゅう》の階段《かいだん》でつかまえると、彩音がまずきいた。

「ねえねえ、マイ。今、おじいさんと話してなかった？　あれって、杉山神社とかで見た例の人だよね」

「うん、そう。タカくんが言ってた人。さっき、声をかけられたの」

マイちゃんは、もじもじと上目づかいでオレたちを見た。

やっぱりそうか。

オレも、きかずにはいられなかった。

「なんだったの？　あのおじいさん、マイちゃんに、なんかきいてきたわけ？」

「合唱《がっしょう》コンを聞きに来ただけなら、声をかけてこないよね。てことは、マイと話がしたくてわざわざ来たの？　どうして？」

気があせって、彩音とふたりで、詰《つ》めよりすぎたのかもしれない。

オレたちの勢《いきお》いに、マイちゃんは、おろおろして口ごもった。

「わかんない。たまたま来ただけかもしれないし」

「でも、なんか話したんだよね」

オレも、さらにつっこんだら、マイちゃんは、しぶしぶうなずいた。

「ピアノのことをちょっと話しただけだよ」

オレは、立てつづけにきいた。

「どんな話？　オレと同じく発表会の時とか？　今日の伴奏《ばんそう》のこととか？」

「うんまあ。べつに、大したことじゃなかったから……」

マイちゃんは、口をにごしてだまってしまった。

ようやくオレは、マイちゃんが、話したくないって思っていることに気がついた。

彩音《あやね》も同じだったみたいだ。それっきり、追及《ついきゅう》しなかった。

「じゃあね。あたし、給食当番だから」

マイちゃんは、逃《に》げるように、教室へ入っていった。

オレは、彩音と顔を見合わせた。

さっきのピアノ伴奏といい、おじいさんのふたたびの出現《しゅつげん》といい、マイちゃんのまわりが、なにやらざわついている。


気にしながら何日か過《す》ぎたあとの日曜日の夕方。

早めに明日の準備《じゅんび》をしておこうと、時間割《わり》に合わせて、教科書をそろえていた時だ。彩音から電話がきた。

——マイのことだけどね。やっぱり気になって、あれから思いきってまたきいてみたの。そしたらね。なんと東京大会に出るのをやめたい、って言いだしたんだよ。

——ええ！　ウソでしょ？　なんで？

——わかんない。やっぱりあのおじいさんに、なんか言われたからじゃないかな。あのマイが、コンクールをやめる、って言いだすんだから、よほどのことだよね。だけど、なんにも話してくれなかった。ママにもまだ言わないで、って言われちゃった。

受話器の向こうで、短く鼻をすする音がした。

——え？　彩音、泣いてる？

——あ、ううん。なんかさびしい、っていうか。あたしはやっぱり、ただのおせっかいだと思われてるのかなあ。自分ではグチばっかり言ってるくせに、いっしょに考えようなんて、説得力《せっとくりょく》ないか。マイだって話す気にならないよね。学校の行き帰りにいっしょの時だって、当たりさわりのない話しかしないし。あーあ、ジコケンオ。

——そんなことないよ。マイちゃんは、彩音から元気もらえる、って前に言ってた。

——ほんとに？

——うん。光平《こうへい》とのことだって心配して……。

あ、よけいなこと言ったかも。言いよどんだオレに、彩音は少し声を明るくした。

――そっか。マイも気にしてくれてたのか。

――うん。光平《こうへい》に言ってた。彩音《あやね》のこと、ちゃんと考えてって。う。オレっておしゃべりだな。ごめん。

――なんであやまるの？　ちゃんと話してくれるのって大事なことでしょ。それが友だちだって思うし……。でも、自分ではそう思っても相手の気持ちが、ちがっちゃうこともあるし。むずかしいよねえ、友だちって。……だから、マイにもしつこく聞いたら悪いかな、って思ったりして……。そっか。マイは、そんなふうに言ってくれてたんだ。

ひとりごとみたいに考え考えつぶやいてから、彩音は声を響《ひび》かせた。

――あたしやっぱり、マイのこと心配してもいいよね。マイって、自分のことは、ひとりで抱《かか》えこんじゃう感じだから。

同感だった。オレたちに、なにができるかはわからないが、ほうっておいてはいけない気がする。おじいさんになにか言われて、東京大会までやめると言いだすなんて、やっぱりふつうじゃない。

受話器をにぎりながら考えていたオレをうながすように彩音が言った。

――とにかく、あのおじいさんが、だれだかわかればいいんだけどねえ。

――だったら、杉山《すぎやま》神社に行ってみよっか。オレは、あそこで二回も会ってるし。

——じゃあ、石段《いしだん》の前で待《ま》ち合わせしよう！

——了解《りょうかい》！

あわただしくオレも、家をとびだした。


十月も終わりに近づくと、日が暮《く》れるのがますます早くなる。

杉山神社はもう、かなりうす暗かった。はやばやと赤く色づき始めたもみじの木も、紫《むらさき》色ののぼりも、今は色をしまいこんで、影《かげ》のようにひっそりとたたずんでいる。まるでひと気がない。

「これじゃ、しょうがないけど、せっかく来たんだもん」

彩音は、石段を見あげながら、よしっと、気合を入れた。

「まずは、行ってみよう」

つられてオレも鳥居《とりい》をくぐり、湿《しめ》った石段をのぼっていった。上まで行くと、右手に一本松が見えてきた。

あのおじいさんとは、あそこで会ったんだ。

思いかえした時だ。木の根もとに、すわりこんでいる人影をみつけた。

まさか、おじいさん？一瞬《いっしゅん》頭をよぎったが、そうではなくて、それは……。

「あれって光平《こうへい》だよね」

オレは、彩音《あやね》にささやいた。

びっくりだ。まさか光平とばったり会うなんて。

彩音は、目を見ひらき、かたまっている。

「光平？」

声をかけたとたん、彩音はびくっとして、オレのうしろにすばやくまわった。

「おう、タカ」

片手《かたて》をあげたのは、やっぱり光平だ。一本松を囲う柵《かこ》《さく》の中に入りこんでいる。松の木にもたれながら、幹《みき》をさすってつぶやいた。

「枝《えだ》ぶりがカッコいいのにな、この松。手入れもいいし。タカだって、そう思うだろ」

「なんだよ。どうしたんだよ」

光平は、力なく笑った。

「今日さ。彼女《かのじょ》と遊びにいった。でね……」

駅前で、光平は、彼女とゲームセンターで遊んでからハンバーガーを食べた。ふたりで盛《も》りあがったから、そのまま、この杉山《すぎやま》神社へ向かった。お気に入りの松の木を見せたかったんだ。それなのに。

『なによこれ。こんな古くさい木のどこがいいのよ』ってののしられた。それだけじゃない」

光平は、お腹《なか》のあたりにずり落《お》ちていたリュックをかかえなおした。

右の脇《わき》にぶらさがっているお守りをさわって言った。

「これ、正月に彩音からもらった縁結《えんむす》びなんだけどさ。彼女が気づいて、『ひどい』って言いだした。『ほかのコからもらったお守りはずさないんだったら、もうつきあわない』。で、怒《おこ》って帰っちゃった」

「そんなの見たら、怒るに決まってるじゃん。なんで今まで……」

「へんだろ。外すもなにも。お守りぶらさげてることもわすれてた。ていうか。ここにつけているのがあたりまえって思ってたみたいなんだ……」

オレのうしろで、彩音が息をのむ気配《けはい》がした。

「試合で負けた時、もうショックでショックで、頭の中が真っ白になった。負けたのはもちろん自分のせいなのに、彩音に八つ当たりして、ひどいこと言った」

「知ってる」

「けどさ。あいつは、なんにも言いかえさなかった。だまって聞いていた。それどころか、あんなになぐさめてくれたのに。でも、どうしようもなくて、ひどいことを言いつづけた」

光平《こうへい》は、なにかをふりはらうみたいに、頭を左右に動かした。

「彩音《あやね》にあやまりたい。タカ、つきあってくれよ」

オレは、すっとぼけた。ちょっとイジメてやれ。

「なんでオレが？　自分のせいだろ。ひとりであやまれ。それに、彩音がゆるしてくれるかもわかんないぞ」

「そんなあ。タカくんだけがたよりなの。ね。お願《ねが》いっ」

「げ。つきあってられるか」

オレは、彩音をほらっと前に押《お》しだした。

「勝手にあやまれっ」

オレのうしろから、突然姿《とつぜんすがた》を現《あらわ》した彩音に、光平はびっくりして目を見ひらいた。

「な、なんでいるわけ？」

はじかれたように立ちあがると、光平は一本松の低い柵《さく》ごしに彩音と向きあった。バツが悪そうに頭をかく。

「彩音。ごめん」

「ふん」

彩音は、鼻で笑った。今までずうっとこらえていたものが、一気にこみあげてきたんだろう。両手をこぶしにして、肩《かた》をいからせた。ふんばった体から、その気持ちをふりはらうように勢《いきお》いをつけて、光平がいるほうへ右足を思いきりけりだした。

「あやまるなら初めから言わないでよ。人のこと、うざいとかなんとか。光平は、あたしのせいにして逃《に》げたんだよ。好きな陸上も、ポイしちゃうなんてサイテー」

「そう。サイテーだった。勝つのは当たり前。勝手に思いこんで。ゴーマンだよな。タカにだって前、さんざんえらそうなこと言っちゃったし。自分ひとりが、リキ入れてやってるなんて自慢《じまん》して。ひとりよがりでいい気になってた。ほんとにごめん」

光平は、ひょいと柵を越《こ》えてきた。彩音のすぐ目の前に立つと、見たこともないマジな顔で深く頭をさげた。とたん、リュックのお守りが大きく揺《ゆ》れた。

ゆらゆらするお守りを、彩音は、にこりともしないでみつめている。

それから、真顔のままきっぱりと言った。

「まだそれ、持ってたんだもんね。ほんと、びっくりだよ。バッカみたい」

「はい、バカです」

「光平なんか、大っきらい。わがままで自分勝手で、根性《こんじょう》なくて……だけど」

彩音は、ニッて笑った。

「お守り持ってたから、今回だけは、ゆるしてあげる」

「ほんとに？　だったら自分、心を入れかえて、初めからきたえなおす」

光平《こうへい》も、ニッて笑ったかと思うと、いきなりリュックを投げだした。また、囲《かこ》いの柵《さく》をとびこえて、松の木にとびついた。そのままガシガシ登ろうとしたので、彩音《あやね》とふたりで柵の中へ。光平を引きずりおろした。

「やめろ光平。みつかったら、しかられるぞっ」

「もう。やっぱりバカ。きたえるって、そういうことじゃないでしょ」

彩音が、光平のおしりをバシッとたたいた。

「いてっ、彩音のバカ力！」

「ほらっ、神さまに誓《ちか》いなおしなさいっ。おまいりしてから帰るよ！」

「ラジャー！」

ホイホイ追いかける光平の背中《せなか》でお守りも躍《おど》る。あそこには、神さまだけじゃない。彩音の力も宿《やど》っている。それがふたりを、もう一度引きよせた。

おじいさんの手がかりはみつからなかったけど、ここまで来てよかったんだ。

お社の前で、並《なら》んでおまいりするふたつのシルエット。

夕やみを吹《ふ》きとばすみたいに、大きな鈴《すず》が、じゃらじゃらと元気な音を立てた。

9. 坂道の家で

仲直《なかなお》りって、いい言葉だ。

光平が彩音にあやまってもと通り。一件《いっけん》落着ってとこだけど、マイちゃんのことは、まだあのままだ。陸上の練習に顔を出した光平が、メンバーのひとりから、へんなことを耳にした。

「そいつは先週の水曜に、用事があって、練習を早退《そうたい》したんだ。それで、学校を出て、杉《すぎ》山《やま》神社のあたりを歩いてたら、マイがおじいさんといっしょにいるのを、見たんだって。学校と反対のほうへ歩いていったらしい。年かっこうきいたけど、ゼッタイあのじいさんだ」

「学校と反対って、となり町のほうだよね。どこへ行ったんだろう」

彩音が、首をかしげる。オレの頭の中から、唐突《とうとつ》に、みょうな考えが浮《う》かんできた。

「もしかして、そのおじいさんの家に行ったとか？」

「えー、どうして？　なにしに行くの？」

「ただの想像《そうぞう》だけどさ、あのおじいさん、オレにもマイちゃんにもピアノのことで話しかけてきたわけだろ。寒川修《さむかわおさむ》のチケットも、もらいものだって言ってた。どうも、ピアノに関係してるとしか思えないんだよね」

光平《こうへい》が、目をむいた。

「げ。それ、やばいんじゃないの。マイは、東京大会をやめるって彩音《あやね》に言ったんだろ。じつは、彩音の母ちゃんのピアノ教室をやめたいってことじゃねえ？」

「えー？　まさか。だったら、東京大会はやめる必要ないじゃない」

反論《はんろん》した彩音に、光平は、もっともらしい推理《すいり》を展開《てんかい》した。

「だからそれは、彩音のところをやめる言い訳《わけ》だよ。そのじいさん、マイの才能《さいのう》に目をつけて引きぬこうとしてんだよ、きっと。スカウトだ」

「えーまさか。そんなことするなんて、何者なのよ、いったい。あのおじいさん」

目を白黒させる彩音に、オレも目を白黒させた。

「うーん、とにかくなんなのか知りたいよな」

光平が、うなずいた。

「だったら、ヒントは杉山《すぎやま》神社にあるんじゃねえか？　タカも前に、あそこでじいさんと会ったんだよな」

「うん。たまたま一本松の手入れをしているのを見かけて……」

「手入れってそんなこと聞いてなかったぞ。やっぱり神社の人にきけばいいんじゃねえの？　正月には、神社のはっぴを着てたじゃん」

「そうだね」「じゃあ、神社へ行こう！」「おうっ。正体をつきとめろ！」


オレたちは、杉山神社の社務所《しゃむしょ》をたずねた。お守りが売られている場所だ。小窓《こまど》があいていたのでのぞくと、あごに白いひげをたくわえた年配《ねんぱい》の宮司《ぐうじ》さんが机《つくえ》にむかっていた。

声をかけ、さっそくきいてみたら、ビンゴ！　みごとにわかった。

「ああ、木下さんね。あの人にはうちの松の手入れをいつもお願《ねが》いしているんだよ。ついこの間もやってもらったところだ」

「そんであの松、スッキリきれいになってたのか」

つぶやいた光平に、宮司さんが、ひげをなでながら、のんびりと教えてくれた。

「木下さんは、剪定《せんてい》がとてもうまくてね。昔はピアノの先生だったっていうんだが、きっと手先が器用なんだろうな」

「ピアノの先生？」「マジかよっ」「それでマイに？」

てんでにさわいだら、宮司さんは目を白黒させた。

「いったいなんなの？」

「で、木下さんはどこに住んでるんですか」

「さあねえ。それはちょっと」

「友だちがお世話になってるんです。だから、お礼《れい》を言いたくて。お願《ねが》いします」

彩音《あやね》は、両手を合わせてすりすりした。オレも光平《こうへい》も、「お願いします」「お願いします」

両手をすりすりした。

すりすりの三部合唱《がっしょう》には、かなわなかったようで、宮司《ぐうじ》さんはしぶしぶ降参《こうさん》した。

「しょうがないなあ。ちょっと待《ま》ってなさい」

メモ帳《ちょう》に住所を書いて渡《わた》してくれた。

「ここだよ。奥《おく》さんにはずっと前に先立たれたとかで、ひとりで住んでいる」

「ありがとうございました！」

優《やさ》しい宮司さんでよかった。

三人で、社務所《しゃむしょ》前の階段《かいだん》にすわり、メモをながめつつ、どうしようかと相談した。住所はとなり町だ。もし、マイちゃんが、この木下さんの家に行くとしたら……。

光平が言いだした。

「目撃《もくげき》したのは水曜日だ。だったら、同じ曜日に、行ってみたらどう？」

明日が、ちょうど水曜日だ。光平は、陸上の練習はないし、オレも、ピアノのレッスン日じゃない。彩音が区の合唱団《だん》に入るのは、来年の年明けなのでいつでもオッケー。マイちゃんが、たとえ来なくても、木下さんに話は聞くべきだ。

つぎの日の放課後《ほうかご》、いったん、家に帰ってから、三人で杉山《すぎやま》神社に集合して出発した。このあたりは坂《さか》が多い。もともと山だったのを開発したからだ。その中でも古い住宅街《じゅうたくがい》にあるらしい木下さんの家を目指した。

「木下なのに坂の上じゃん」

光平が、よくわからないジョークをとばすくらい長いだらだらとした上り坂を行く。電《でん》柱《ちゅう》にくっついている住所と表札を、ひとつずつ確《たし》かめた。

坂道の途中《とちゅう》で足が止まった。光平が、きれいに刈《か》りこまれた生垣《いけがき》から、中をのぞいて、ぼそりと言った。

「ここだ。じいちゃんちと、にてる」

かわら屋根《やね》のかなり古そうな二階《かいだ》建ての家だ。そんなに広くはないが、庭もあり、手前の端《はし》に、オレの背丈《せたけ》くらいの高さで、形よく整《ととの》えられた松の木が一本生えている。杉山神社の一本松と枝《えだ》ぶりがとてもよく似《に》ていたので、光平がひきつけられた。

「へええ。ここの松も、よく手入れされてるなぁ」

玄関脇《げんかんわき》には、房《ふさ》になって咲《さ》く白いバラが、秋の風にかすかに揺《ゆ》れている。どうやら、木下さんていう人は、庭いじりが好きそうだ。

みんなで、小さな門からいくつか敷《し》かれたまるい石をふんで、ドアの前まで入りこんだ。

彩音《あやね》が緊張《きんちょう》した面持《おもも》ちで、横についている角ばったブザーのボタンを押《お》した。

すぐに顔を出したのは、やっぱりあのおじいさん、木下さんだった。

だれ？って感じで、一瞬《いっしゅん》、表情《ひょうじょう》をかたくしたが、オレを見て気がついた。

「ああ、きみはこのまえ、杉山《すぎやま》神社で……」

「はい、あの時は……」

言いかけたのを、光平《こうへい》がさえぎり、くってかかった。

「あのさぁ木下さん。あちこちに出没《しゅつぼつ》してるけど、いったいなんなんだよ」

「光平、ちょっと待《ま》って」

彩音があわてて止めて、ていねいにあやまった。

「すみません。突然《とつぜん》、押しかけてしまって。わたしたち、初もうでの時に、杉山神社でお会いしました。マイの友だちです」

木下さんは、オレたちを見くらべてから、ようやく少し顔をゆるめた。

「ああ。たき火にあたって、ケーキを食べていた子たちか。どうしたのかね？」

「はい。じつは、お聞きしたいことがあって伺《うかが》いました」

彩音のきちんとした様子に応《こた》えてくれたようだ。木下さんは、ドアを大きくあけた。

「ま、入りなさい」

「ありがとうございます」

彩音を先頭に、ぞろぞろと玄関に入った。外から見た古い感じと同じように、壁《かべ》も廊下《ろうか》もくすんで見えた。古い本を開いた時みたいなにおいがする。どことなくうす暗いのは、廊下の電気が、ぼんやりとしているせいかもしれない。

通されたのは、廊下のつきあたりにあるこぢんまりとした居間《いま》だ。

「さ、どうぞ」

木下さんから、茶色い布張《ぬのば》りの長ソファを勧《すす》められて、オレたちは、かしこまってすわった。初めての家なので、きょろきょろしてしまった。

壁ぎわに、ピアノが置かれている。オレも彩音も光平も、やっぱりね、って感じで目くばせした。黄ばんだレースが掛《か》けられているピアノの上には、写真がいくつかかざってある。きっと家族なんだろう。オレは、ちらちらとながめた。

木下さんが、テーブルをはさんで一人用のソファに腰《こし》かけ、おもむろに口を開いた。

「なにかききたいそうだが」

「はい。マイのことです。木下さん、この前学校でマイと話していましたよね。あれからマイが急に東京大会に出るのをやめたいって言いだしたんです。木下さんなら、なにか知ってるかもしれないと思ってききに来ました。すみません。よけいなことかもしれませんが……」

彩音《あやね》の言葉に、木下さんもびっくりしたようだ。

「それは意外だな。わたしは、そんなつもりで言ったのではないんだが」

「だって、マイにピアノのことを話したんだよね」

光平《こうへい》に、たたみかけられて、

「話はした。だが東京大会のことは、なにも言っていない……」

木下さんが答えた時、不意に、玄関《げんかん》でブザーが鳴《な》った。

「ちょっと失礼《しつれい》するよ」

木下さんは、よいしょとソファから立ちあがり、居間《いま》から出ていった。

「ねえねえ。まさかだけど、もしかしてマイが来たとか？　光平のカンが当たった？」

彩音が、オレと光平に早口でささやいた。

カンは当たっていた。

木下さんといっしょに、居間へ入ってきたのは、マイちゃんだったんだ。ピアノのレッスンにいつも持ってきている音符《おんぷ》の刺繍《ししゅう》が入ったレッスンバッグをさげている。ソファにすわって顔をそろえているオレと彩音と光平を見て、マイちゃんがおどろいたのは当然だ。

「みんな、どうしてここに？」

声をうわずらせて目を見ひらくマイちゃんに、木下さんがそっとうながした。

「とにかくすわりなさい」

「あ、はい」

マイちゃんは、オレたちとむかい合って、一人用のソファにすわった。

マイちゃんは、なんて言おうかと迷《まよ》っているみたいだ。おちつかない様子でさかんに両手の指を動かしている。

テーブルをはさんで流れた沈黙《ちんもく》をやぶったのは、彩音だった。

「こんなところまで、押《お》しかけてごめんね。このところ、マイと全然話せなかったから気になって仕方なかったの」

「うん。心配してくれてるのはわかってるよ」

即座《そくざ》にうなずいたマイちゃんだったけど、表情《ひょうじょう》は、かたいままだ。

「でも、自分のことは自分で考えなきゃ、って思ったの」

「それはわかってる。マイらしいと思う。あたしたちがおせっかいなのもわかってる。だけど、やっぱり気になってしょうがないから」

「わかってる。でも、ここまでさがしに来てくれるなんて思ってもみなかった。だまっててごめんね」

マイちゃんは、まゆを下げて泣き笑いみたいな顔をした。

「あたし、木下さんに言われちゃったの。あたしのピアノは上手いだけだって」

「ピアノって、上手けりゃいいんじゃないの？」

首をひねる光平《こうへい》の横で、オレもその言い方が気になった。上手いだけ？　どういう意味なんだろう。

「ちがうの。タカくんみたいに弾《ひ》かなくちゃ。木下さんにもほめられたでしょ？」

ここでどうしてオレのことが出るんだ。面《めん》くらうオレを、木下さんが見た。

「いや。よく覚《おぼ》えてるよ。学校では、伴奏《ばんそう》もしていたな。聞いていると楽しくなってきた。なかなかよかったよ」

予想もしない突然《とつぜん》のほめ言葉だ。思わず、にやついたら、マイちゃんと目が合った。オレは、急いで笑いを引っこめた。

「上手いとは言われるけど、あたしは、タカくんみたいに、よかったって言われたことはない。それはきっと、いつも意地になってピアノを弾いてるからなんだよね。合唱《がっしょう》コンの時だって、いじわるされたのがくやしくて、ムキになって弾いてた気がする。ドイツでもママが、せっかくのチャンスなんだから、ドイツ語をもっとしゃべりなさい、勉強しなさい、友だちをたくさん作りなさい……。そんなことばっかり。言われるたびに、もううるさくて仕方なかった。それでピアノに逃《に》げたんだと思う。気がつくといつも必死にやってた。それが、あたしのピアノになっちゃったみたい」

オレの中で、発表会や合唱コンの時のマイちゃんのピアノの音がよみがえった。あんなに上手なのに、緊張感《きんちょうかん》が先走って、どこか切羽《せっぱ》つまって響《ひび》いてきた音色。あれが、マイちゃんのなにかから逃げたい気持ちから来ていたのを知って、オレは、がく然とした。

思わず口走った。

「でもそれじゃ、全然楽しくないよね」

マイちゃんは、悲しそうにほほえんだ。

「うん。そんなふうに弾いているうちに、あたしは競争することだけを考えるようになっちゃったのかもしれない。このまま東京大会に出ても、結局《けっきょく》、ピアノへの気持ちは変わらないんじゃないか……」

彩音《あやね》が、確《たし》かめるようにきいた。

「だから東京大会に出るのをやめるって言ったわけ？」

「そう。あたしは今までだれからもピアノが『上手いだけ』って、言われたことはなかったから、木下さんに言われて、ものすごくショックだった。だけど、よく考えたら、それで、あたしがずっと、もやもやしながらピアノを弾《ひ》いていた理由がはっきりしたんだよね。だから、木下さんからも教わろうと思ってここに来たの。木下さんは、ピアノの先生だったし、娘《むすめ》さんもピアノをやっているって言うから……」

「木下さん、娘さんがいるの？」

「今はドイツにいるけど、子どものころの娘さんとあたしが、似《に》てるんだって。ね」

マイちゃんは、木下さんと顔を見合わせた。

「マイくんを杉山《すぎやま》神社で見かけた時は、娘と感じがよく似ていたので、本当にびっくりしたよ。しかも、マイくんもドイツにいたっていうじゃないか」

「うちはケルンだったけど、娘さんはベルリンに住んでいるんだって」

「当時はまだ、西ベルリンだったがね。ドイツは、第二次世界大戦のあと、政治的《せいじてき》な影響《えいきょう》で西と東に分断《ぶんだん》されていたが、娘が行ってから、じきに統一《とういつ》されたんだよ」

ドイツが昔、ふたつの国に分かれていたのは、オレもニュースとかで聞いたことはある。

いつだったか休みの日に、父さんがドキュメンタリー番組を見ていた。東西を真っ二つに隔《へだ》てていたベルリンの壁《かべ》を、統一されたあと、市民がハンマーとかで、ガンガン壊《こわ》している映像《えいぞう》を、オレもちらっと見た。

マイちゃんは、ドイツに住んでいたから、娘さんに親近感を持ったのかもしれない。なつかしむように言った。

「あたしがいた時はもう、ドイツが東西に分かれていたなんて、想像《そうぞう》もできなかったけど、娘さんは、そんな歴史《れきし》的な変化があったころにピアノを勉強しに行ったんだね。激動《げきどう》の時代に、ひとりで行ったんだもん。すごいよね」

「……激動の時代か。世の中が、目まぐるしく変わるせいで、そこに暮《く》らす人間も変わってしまうのかもしれん」

ひとりごとみたいにつぶやいた木下さんに、マイちゃんはきょとんとした。

「変わる？　それって、娘さんのこと？　あたしは、娘さんが、どんなふうにピアノのことを考えて、ドイツへ留学《りゅうがく》して、勉強したのかをきいてみたいと思ってる」

「あ、ああ、娘がベルリンの音楽大学にピアノ留学したのは本当だ。死んだ妻《つま》といっしょに、この家から送りだした。だが、あの子は、結局《けっきょく》、ピアノをやめた」

「どういうこと？」

「パン職人《しょくにん》になったんだ。娘《むすめ》は、東ドイツの男と知り合ってね。彼《かれ》ももともとは、音楽家、バイオリニストを目指していたらしいが……」

木下さんは、娘さんのたどった道を、オレたちに、とつとつと話した。

統一《とういつ》される前の東ドイツは、社会主義《しゃかいしゅぎ》とかで、国民には自由があんまりなかったらしい。食べ物なども、みんなで平等に、ってことで配分《はいぶん》されていたから、食べたいだけのものは手に入らなかった。

音楽の道を目指していた娘さんの彼は、そんな状況《じょうきょう》の中で悩《なや》んだようだ。音楽で、人のお腹《なか》を満たすことはできない。バイオリンを弾《ひ》くことに、意味があるんだろうか。それよりも、現実《げんじつ》として、思う存分《ぞんぶん》パンを食べられるほうが人々の役に立つのではないか、と自分の気持ちをどんどん追いつめてしまったらしい。

ドイツが統一されたあとは、東にいた人たちも、自由な暮《く》らしができるようになったけど、彼はそのままパン職人になった。知り合った娘さんも、そんな彼の思いに共感《きょうかん》して、バイオリン同様、ピアノを、音楽をとてもぜいたくなものだと思うようになってしまった……。

「彼といっしょにパン職人になりたい、と手紙をよこしたんだ。わたしは反対したが、無《む》駄《だ》だった。さっさと音楽大学をやめてしまった。アルバイトをしながら、パンのマイスターを養成《ようせい》する職業学校《しょくぎょうがっこう》へ入り、修行《しゅぎょう》を続けたようだ。パン職人になった。無論《むろん》、ふたりが考えていることは、頭では理解《りかい》できる。食べることは、生きるための基本《きほん》だ。わたし自身、戦争中から戦後にかけての食糧難《しょくりょうなん》のきびしさは、子ども心にも覚《おぼ》えている。だからこそ娘には、自由な時代に自由に音楽をやってほしかった。それなのに、せっかくドイツまで行って、ピアノを捨《す》てなくたっていいじゃないか」

にがいものでも食べたみたいに、木下さんは顔をゆがませた。

「ふたりでパン屋を開くのをずっと目標《もくひょう》にしていたらしいが、やっと店を持てた。それから、毎年クリスマスになると決まって送ってくる。あのケーキをね。だが、どうしても食べる気にはなれんのだよ」

あのケーキって、シュトーレンのことだ。

それで初もうでの時、マイちゃんにいろいろときいてきたのか。

マイちゃんは、声をうわずらせた。

「どうして最初に話してくれなかったの？　娘さんがピアノをやめたこと。だまってるなんて、おかしいよっ」

光平《こうへい》と彩音《あやね》もくってかかる。

「ちゃんとパン屋さんも開けたんだから、いいんじゃねえの？」

「そうですよ。それって、親の身勝手というか、押《お》しつけだと思います」

「そうだよ。木下さんは、勝手なことばっかり言ってると思う。それじゃ娘《むすめ》さんがかわいそう。娘さんはドイツでちゃんと考えて、自分の力でパン屋さんになったんでしょ。お父さんに食べてもらいたくて、シュトーレンを作って送ってくるんだよ。なのにどうして、そういう子どもの気持ちを無視《むし》するの？　そんなのひどいよっ」

マイちゃんは、レッスンバッグをつかんで部屋をとびだした。

「待《ま》って！」

追いかける彩音《あやね》のあとを、「自分も！」と、光平《こうへい》もバタバタと足音だけ残していった。

あっという間の展開《てんかい》だった。急に静かになった居間《いま》で、オレは、木下さんとふたりだけになってしまった。気まずい雰囲気《ふんいき》の中で、なんとかとりつくろおうと考えた。

そうだ。ピアノコンサートのチケットのお礼《れい》を、まだ言っていなかった。

「この前はありがとうございました。寒川修《さむかわおさむ》、すばらしかったです」

「それはよかった。寒川くんは、わたしの教え子でね」

あんなにすごいピアニストを育てたのかと目を見はったら、木下さんはふっと笑った。

「教えたのは、寒川くんがまだ小学校に入ったころだよ。だが、当時から、彼《かれ》の弾《ひ》く力は抜《ぬ》きんでていたので、専門的《せんもんてき》に指導《しどう》する先生のところへ行くことを強く勧《すす》めたんだ。期待《きたい》通り、寒川くんは、東京の音大を出たあと、娘と同じ時期にドイツへ留学《りゅうがく》して、コンサートピアニストになった。とても優《やさ》しい子でね。今でもたまに連絡《れんらく》をくれる。今回のチケットも送ってくれた。もちろん行くつもりだった。だが、彼にはすまないが、あの時は、どうしても行く気にはならなくてねえ……」

木下さんは、肩《かた》を落とした。

「行ったらどうしても、思いだしてしまう。彼は、ピアニストになったのに、娘はピアノを捨《す》ててしまった。いや、そんなのは、親のエゴだというのは、よくわかっているよ。子どもが、自分の意志《いし》で自分の居場所《いばしょ》を見つけたのに、みとめようとしないんだからねえ」

「……」

無言で聞くしかなかった。

「そんな気持ちをいつまでも捨てられないでいるせいだな。杉山《すぎやま》神社でマイくんを初めて見かけた時、娘と重ねあわせてしまったんだ。昔、家族で毎年、杉山神社に初もうでに来ていたことも思いだした。あそこの一本松の手入れをさせてもらっているのも、当時に帰れるような気がしてねえ。娘は、あの松が好きだったんだ」

なつかしい気持ちは、わかるような気がする。

「だからつい、声をかけてしまった。マイくんがシュトーレンを持っていたのも、なんだかひどく不思議な気がした。しかも、そのあとも、友人のお孫《まご》さんが通っているピアノ教室の発表会へ行ってみたら、マイくんがいるじゃないか。それはもうおどろいた。演奏《えんそう》に聞き入ってしまった」

木下さんは、ピアノに近づくと、すじばった手でそっとなでた。

「だがね。マイくんと学校で話したのは、単に昔がなつかしいと思っただけではない。彼《かの》女《じょ》のピアノを聞いて感じたんだ。みごとに弾《ひ》きこなしているのに、どこか痛々《いたいた》しい。音が内向きになってしまっている。もっとのびやかになるはずだ。マイくんだけが弾けるピアノを、聞く人たちに伝えてほしい。わたしも聞いてみたい。なに、決して押《お》しつけようとしたんじゃない。彼女の音が変われば、わたし自身も前を向いて、このピアノとまた向きあえると思っただけだ」

前を向いて、ピアノと向きあう。

それは、もう一度、ピアノの力を信じたいってことかもしれない。

弾く楽しさ。聞いてもらう喜《よろこ》び。美しい響《ひび》き。心を揺《ゆ》さぶるメロディ。胸《むね》に染《し》みてくる音色……。オレが、自分の意《い》志《し》で弾きたいと思いはじめてから気がついた、並《なら》べていったらきりがないほどのピアノの力だ。この先だって、まだまだあるかもしれない。

それをみつけるために、前をむいて進んでいく。合唱《がっしょう》コンで伴奏《ばんそう》した『明日輝《かがや》け！』の歌のように。

ピアノは、木下さんにとってもオレにとってもきっと、とても大切で、かけがえのないものだ。そして、マイちゃんにだって……。

オレが、思いをめぐらせていたら、木下さんが、頭をかきながら壁《かべ》の時計をちらっと見た。針《はり》が真っ直ぐにのびて、六時を指している。

「やあ、これはすまなかった。もうこんな時間だ。すっかり、引きとめてしまったね。みんな、外で待《ま》っているだろう。行ったほうがいい」

「……あ、はい、それじゃあ」

玄関《げんかん》までできた時、ピアノの音が聞こえてきた。

ベートーベンの《月光》が、追いかけてくるように、居間《いま》から流れてくる。

あの時、寒川修《さむかわおさむ》が弾いたのとは、印象《いんしょう》がまるでちがっていた。今聞こえてくる音色は、暗やみの中で、木下さんをぼんやりと照《て》らしている月の光だ。そのわずかな明かりに手をのばしながら、前へ進もうとする木下さんの思いが、鼓動《こどう》のような旋律《せんりつ》になって伝わってくる。オレは、木下さんが奏《かな》でる音色に耳をすませた。

メロディが続く中、そっと玄関のドアを閉《し》めた。坂道《さかみち》の家をあとにして、マイちゃんたちを追いかけた。

10. マイちゃんの決心

道へ出ると、とっぷりと暮《く》れた夕やみの中で、こっちに向かって手招《てまね》きをしている姿《すがた》をみつけた。少し先の電柱《でんちゅう》のもとで、三人がかたまっていた。

マイちゃんが、冷たい空気に身をすくめながら聞いた。

「ごめんね、タカくん。先に出てきたりして。なんだかあたし、かあっとしちゃって。木下さん、なにか言ってた？」

今、木下さんから聞いたことを、どんなふうに言おうかと考えるオレの横で、光平《こうへい》と彩音《あやね》がいきまいた。

「あのじいさん、自分の思いどおりにならないからって、いつまでも意地張《は》るな、だよな」

「ほんと。あたしも思わず言っちゃった。あんなの、ゼッタイ押《お》しつけ。親の身勝手だよ。ねえマイ」

マイちゃんは、小さくため息をついた。

「あたしは、いろいろと教わろうと思ったのに。結局《けっきょく》、木下さんがあたしに声をかけてきたのは、娘《むすめ》さんの代《か》わりにしたかっただけなんだね」

ぽつりとこぼれたそのひと言を、オレは、どうしても聞きながせなかった。

「ちがうっ。そんなんじゃないっ！」

いきなり語気《ごき》を荒《あら》らげたオレに、三人は、あっけにとられた。

「タカ、なに熱くなってるんだよっ」

光平にぎょっとされたけど、オレは、がまんできなかった。

「木下さんは、そんなんでマイちゃんに近づいたわけじゃない。今のままじゃなくて、前を向いてピアノを弾《ひ》くマイちゃんになってもらいたい。そう思っているだけだ」

「前を向いてピアノを弾く？」

「木下さんは、マイちゃんにただピアノを教えたい、とかそんなんじゃないんだよ。マイちゃんのピアノを聞いて感じたんだ。マイちゃんは、いつも、自分ひとりだけでピアノを弾いているんじゃないかって」

オレの口は、止まらなかった。ずっと感じていた疑問《ぎもん》があふれだしてきた。

「ねえ、マイちゃん。マイちゃんは、なんのためにピアノを弾いているの？　さっき、逃《に》げるためにピアノを弾いてるって言ってたけどさ。だれかに聞いてもらいたい、って思ったことは全然ないの？　オレは、だれかにちゃんと聞いてほしい。上手くはないけど、聞いてくれる人たちがいるから、がんばって弾《ひ》こうと思うんだ。発表会の時だって、マイちゃんから楽しかったって言われてうれしかった。木下さんにほめられて、うれしかった。合唱《がっしょう》コンの時だって、手拍子《てびょうし》をもらえてうれしかった。母さんが手をふってくれてうれしかった。久保《くぼ》先生の拍手《はくしゅ》がうれしかった……」

いろんな時のことが、つぎつぎとわきあがってきた。

「ピアノを弾くってさ。音を出すってさ。それが、だれかにも届《とど》いて伝わるものなんじゃないかな。でも、マイちゃんは、結局《けっきょく》、自分の音を聞いているだけなんだ。聞いている人がいてもいなくても同じなんだ。本当に、それだけでいいの？」

「タカが、そこまで言うなんて」「う、ん」

光平《こうへい》と彩音《あやね》が顔を見合わせたが、オレは、動じなかった。

オレのピアノは、まだまだだ。ピアニストになろうと思っているわけでもない。だけど、あの時に聞いた寒川修《さむかわおさむ》のように、さっきの木下さんのように、だれかの心に響《ひび》く音色を奏《かな》でていきたい。どんなにさみしい時だって、音楽を聞けば、さみしいままではきっと終わらない。その先になにか希望をみつけよう、って思うんじゃないだろうか。それが、木下さんが言ってた、前を向くってことだ。音楽は、みんなを幸せにするはずだ。ひとりで弾いたって、幸せにはなれない。

マイちゃんは、だまってうつむいている。オレも、だまってうつむいた。

しばらくの間、そうするしかなかった。

電柱《でんちゅう》に、あかりがついた。まるで、月あかりみたいなオレンジ色のやわらかな光の中に、マイちゃんの顔が浮《う》かんだ。目がうるんでいる。

「ねえ、タカくん。あたし、だれかのために、ピアノを弾けるようになれるかなあ」

「なれるさっ」オレは即答《そくとう》した。

「オレは、マイちゃんのピアノを聞きたいもん。木下さんだって、マイちゃんのピアノを待《ま》っているもん」

「ありがとう」

マイちゃんは、手で涙《なみだ》をぬぐうと、彩音を見た。

「今から、響子《きょうこ》先生のところへ行ってもいい？」

「もちろんいいけど、ママになんて？」

彩音が、とまどうようにきいたけど、マイちゃんは言った。

「みんなでいっしょに行ってほしいの。いいかな」

「うんっ」オレは、真っ先にうなずいた。

彩音《あやね》の家で、マイちゃんは、いきなり頭をさげた。

「先生、ごめんなさいっ」

「え、なに？　いったい、どうしたの？」

「あたし、コンクール出場をやめたいんです」

寝耳《ねみみ》に水だ。響子《きょうこ》先生がおどろいたのは、無理もない。

「ちょ、ちょっ、ちょっと待《ま》ってちょうだい。せっかくここまで練習を重ねてきて、コンクールまであと少しなのよ」

マイちゃんは、木下さんとのいきさつを話しだした。

「あたしは今までずうっと、上手になりたいから、いっしょうけんめい弾《ひ》いてきました。もっと勉強したいから、コンクールを目標《もくひょう》にしてやってきました。でも、それは、全部、ひとりよがりだったんじゃないか……」

「そんなことないわ。そうやって、ひとつずつ積《つ》みかさねていくことで、ピアニストへの道も開けてくるんでしょう。マイちゃんだって、そのためにいっしょうけんめい努力しているんだと思うわよ」

響子先生に言われたけど、マイちゃんは首をふった。

「ピアニストにはなりたいと思います。でも、タカくんにきかれました。『どうしてピアノを弾いてるの？　だれかに聞いてもらいたくはないの？』それで気がついたんです。ピアノって、だれかに聞いてもらうものですよね。自分の気持ちを伝えるものですよね。ピアニストは、みんなの心を動かせるような演奏《えんそう》をする仕事ですよね。それなのにあたしは、自分が弾けさえすればいいとしか考えていませんでした」

じいっと耳をかたむけていた響子先生は、うでぐみをしたまま答えた。

「そういうことか。マイちゃんの言うとおりよね。音楽は、聞いてくれる人がいるからこそ意味がある。もちろん、わたしもわかっているわ。でも、マイちゃんには、抜《ぬ》きんでるものがある。だから、さらに磨《みが》くためには競争も必要だと思っていたの」

「でも、もしかして、期待《きたい》しすぎた、ってこともあるんじゃないの？　ママって、すぐに熱くなっちゃうから」

横から口を出した彩音を、軽くにらんだ響子先生だったけど、すぐに真顔になった。

「彩音の言うことは、まちがっていないわ。わたし自身、教えるうちにだんだんと期待がふくらみすぎて、技術《ぎじゅつ》や勝つことばかりに頭が向いてしまったのは否定《ひてい》できないもの。本当は、弾く人の気持ちが一番大切なのにね」

「わ、さすがママ。だから、あたしがピアノをやめるのも、みとめてくれたんだ」

「それはちょっとちがうわね。あなたは、ピアノじゃなくて、歌で自分を表現《ひょうげん》したい、って決めたわけでしょ。それがこちらにもじゅうぶんに伝わってきたから、それもいいと思ったのよ。同じ音楽だもの」

「それは、改めてありがとう。うれしいよ、ママ」

「ふふ。調子いいんだから」

響子《きょうこ》先生は、目を細めた。

「だけど、マイちゃんは、言われたことは、もうなんでも吸収《きゅうしゅう》してくれるから、わたしもなんの疑《うたが》いも持たなかった。それでわたしも突《つ》っ走って、結果的には、押《お》しつけるみたいな形になっていたかもしれない。ピアノ教師《きょうし》として、反省《はんせい》しなくちゃね」

「そ、そんな。すみません。生意気なことばかり言って」

身をちぢめたマイちゃんに、響子先生は、彩音《あやね》そっくりの人なつっこい笑顔を返した。

「なに言ってるのよ。そうやって、ちゃんと話してくれてうれしいのよ。じゃあ、わたしも話しちゃおうかな。聞いてくれる？」

おもむろに話しだした。

「じつはわたしも、若《わか》いころはコンサートピアニストを目指していたの。あちこち外国をまわって、自分の演奏《えんそう》を聞いてもらうのが夢《ゆめ》だった。だから、コンクールにも出て、いろいろと入賞《にゅうしょう》してたし、将来有望《しょうらいゆうぼう》って期待《きたい》されていたの。お金をためて、留学《りゅうがく》もするつもりだった。それで、その試験のために、猛《もう》練習をしてたんだけど、練習をしすぎたのね。試験直前に、右手が神経痛《しんけいつう》で、突然《とつぜん》、動かなくなっちゃったの」

「そうなの？　あたし、聞いたことないよ」

目を白黒させた彩音に、響子先生は顔をしかめた。

「やりすぎで痛めたなんて、バカみたいじゃない。はずかしくて言えないわよ」

「ママってば、見栄《みえ》っぱりなんだから」

「そうかしらん。とにかく、ピアニストになるチャンスは消えてしまった。それまでの人生をすべてつぎこんできたから、その時は抜《ぬ》け殻《がら》みたいになっちゃってね。ピアノはもうやめようとも悩《なや》んだわ。でも、やっぱりピアノからは、どうしても離れたくなかった」

「それで先生に？」

マイちゃんにきかれて、響子先生は大きくうなずいた。

「そう。自分がピアニストになれなかったから、教えるんじゃない。ピアノを弾《ひ》く子どもをたくさん育てられたら、もっと音楽の輪《わ》が広がるんじゃないか。作曲家のツェルニーも、ピアニストというよりも教師だったのよ。わたしもひとりずつのピアノに寄《よ》りそって応援《おうえん》したい。いつもそう考えてる。それが、わたしのピアノよ」

しゃべるだけしゃべって、響子《きょうこ》先生は、質問《しつもん》した。

「それでマイちゃんは、コンクールに出るのをやめて、なにをしたいわけなの？」

オレも答えに注目した。マイちゃんは、なにをみつけたんだろう。

マイちゃんは、ちらっとオレのほうを見てから言った。

「あたし、木下さんにピアノを聞いてもらおうかな、って思っているんです……。つまりその、木下さんのために心をこめてピアノを弾《ひ》いてみようと……。あのう、ただ、それだけのことなんですけど……。あ、すみません」

最後は、蚊《か》の鳴《な》くような声になったマイちゃんに、響子先生は、元気に返した。

「あらあ、なにあやまってるのよ、それはいいわね。やってごらんなさい」

「わお、ママ、理解《りかい》あるじゃん。よかったね、マイ」

マイちゃんは、ほっとしたようにこっちも見てうなずいた。

オレも、うなずき返した。

木下さんのためにピアノを弾く。そう決めたマイちゃんの新しい気持ちが、じんわりと伝わってきた。ほっとしたオレの頭の中で、突然《とつぜん》、ひらめいた。

「ねえマイちゃん、オレもいっしょに弾いちゃだめかな」

「タカくんも？」

マイちゃんが、目を見ひらいたけど、オレはすでに決意していた。

「オレも、木下さんに聞いてもらいたいんだ。ふたりで連弾《れんだん》。どうかな？」

マイちゃんは、ニッコリしてくれた。

彩音《あやね》も、あっと声をあげた。

「だったらマイ、あたしも歌っていい？」

「彩音も？」

「にぎやかなほうがいいでしょ。木下さんち、なんか殺風景《さっぷうけい》でさみしそうだったもん」

彩音のほっとけない虫が復活《ふっかつ》だ。

「いっしょにやってくれるんだ。うれしい！」

マイちゃんは、目を輝《かがや》かせた。

「おいおい。もしかして、自分のことわすれてない？　入れてくれよ」

「光平《こうへい》くんも？」

マイちゃんは、目をまるくした。彩音は、じとっと横目で見た。

「なにをやるつもり？　光平は、ピアノ弾けないしオンチでしょ」

「仲間はずれにするなよ。なんでもいいからさ。そうだっ。マラカスなんかどお？　合唱《がっしょう》コンでウケたし」

必死のアピールをする光平《こうへい》を、また横目で見て、彩音《あやね》がきいた。

「はあ。みんな、どうですか」

合唱《がっしょう》コンの時を思いだして、オレは、難色《なんしょく》を示《しめ》した。わざと顔をしかめた。

「光平のマラカス？　うむむ。あんな低レベル。いかがなものか」

だけど、マイちゃんはニコニコした。

「いいじゃない。楽しそうだし。ね」

「わぉ、マイさま、ありがとう！」

「でも光平。なんでそこまでしてやりたいの？　あたしがいるから？」

「ま、まあそうです。なんちゃって。じょうだんは、置いといて」

光平は、マジな声になった。

「あのじいさん、一本松の手入れをしてくれてるんだろ。日ごろのお世話に感謝《かんしゃ》だ。それにさ、ちょっと元気になってほしいもんだ。だから、応援《おうえん》する」

「わ、優《やさ》しいね。さすが」

「『あたしの光平』、だよね」

マイちゃんが先まわりをしたので、彩音はがらにもなくてれた。

「やだもう、からかわないでよ」

「マイ、よく言ってくれた。礼を言うぞ」

「どういたしまして」

「もう。ふたりともふざけてないのっ。ほら。善《ぜん》は急げ。曲を決めなくちゃ」

ひるみっぱなしの彩音じゃない。仕切りなおした。


オレたちは、頭を寄《よ》せあった。

木下さんに、どんな曲を聞いてもらえばいいだろう。明るい曲がいいとは思うが、テンポが速すぎるのは騒々《そうぞう》しい。かといって、スローな短調では退屈《たいくつ》そうだ。

いろいろと考えて選《えら》んだのは、あの『天使のささやきに』だ。クリスマスも近いし、曲の雰囲気《ふんいき》が、木下さんちの居間《いま》に合っているんじゃないか。いや。あそこで聞いてもらえたら、少しでも気持ちの癒《いや》しになるんじゃないか……。四人の意見が一致《いっち》した。

合唱コンの時は、とちゅうからソロだったけど、もちろん今度は彩音が全部歌う。

光平が推《お》したマラカスは、曲のイメージにそぐわないのでトライアングルにした。

問題は、マイちゃんとオレの演奏《えんそう》だ。合唱コンの楽譜《がくふ》はあったが、ふたりで片手《かたて》ずつなんて弾《ひ》けない。とちゅうで交替《こうたい》して、交互《こうご》に弾く、なんていうのもヘンだ。

あーだこーだと相談しているうちに、マイちゃんが提案《ていあん》した。

「連弾《れんだん》できるように、アレンジしてみようか」

「そんなことできるの？」

みんなで目を見ひらいたら、マイちゃんは、きっぱりと言った。

「わからないけど、やってみる。三日待《ま》ってくれるかな？」

合唱《がっしょう》コンの時のピアノ伴奏《ばんそう》用の楽譜《がくふ》を、連弾ができるように、ふたつに分解《ぶんかい》するという。

むずかしい取りくみなのに、期限《きげん》も自分で区切った。

「わかった。それが完成したら練習だね。じゃあ、あとは練習の場所か」

彩音《あやね》が、てきぱきと段取《だんど》りをした。

「やっぱり、うちでやるのが一番いいよね。タカくんがいるから、花音《かのん》がいっしょにやりたがると思うけど、なんとか言いくるめるとして。あの子、今日は、おばあちゃんちに行ってくれたからちょうどよかった……。じゃあ、ママにきこう」

響子《きょうこ》先生は、キッチンで夕飯《ゆうはん》のしたくをしながら、ときどき、お茶を持ってきたりして、オレたちの話をちらちらと聞いていたんだけど、待ってましたとばかりに現《あらわ》れた。

オレたちを見まわすと、ソク、場所の提供《ていきょう》を了解《りょうかい》してくれた。

「なんだか楽しくなりそうねえ。楽器を弾いたり、演《えん》じたりするのは、ドイツ語では『シュピーレン』ていうんだけどね。これは、『遊ぶ』とか『楽しむ』とかの意味もあるのよ。

音楽は、楽しまなくちゃ。でもねえ……」

ほほえみつつ、響子先生は明るくくいさがった。

「やっぱりマイちゃんのピアノは、このままにしておくのは惜《お》しいわ。いろんなことにチャレンジしてみて、また、コンクールに出る気になったら言ってね」

「もう。ママは、やっぱりしつこいね。でも、その気持ちもよくわかるよ」

彩音が笑ったそばから、マイちゃんもうなずいた。

「その時はまた、特訓《とっくん》バトルしてください。あたし、負けません」

「それでこそマイちゃんだわ。待ってるからね」

オレたちに、こうしてまっすぐ向きあって背中《せなか》を押《お》してくれる響子先生。先生も、いろんなことを乗りこえて、ピアノとかかわり続けてきたんだ。

「でも、お母さんとは話したの？　コンクール辞退《じたい》のこと。わたしから話したほうがいいんじゃないかしら」

「だいじょうぶです。あたしが話します。それに、ママはいつも、あたしの好きにやらせてくれてますから」

その言い方が、ひどくあっさりしていたのが、かえって気になったけど。マイちゃんは笑顔を少しもくずさなかった。

11. オレたちの世界

マイちゃんは、やくそく通り、三日で楽譜《がくふ》を仕上げて学校に持ってきた。

さっそく練習を始めることにしたが、響子《きょうこ》先生のレッスン日の都合もある。そこで、レッスンが午後だけしかない土日の午前中と、四人がなにも予定がない金曜日の放課後《ほうかご》に決めた。三日間をワンクールにして練習する。三週間くらいで仕上げるのを目標《もくひょう》にした。そうなると、木下さんの家へ演奏《えんそう》にいくのは、十二月に入ってからになる。

初めての練習の日。オレたちは、彩音《あやね》の家に集まった。

さっそくオレは、マイちゃんが書きかえてきた楽譜に、注意深く目を通した。

「そんな感じでいいかな?」

マイちゃんが、不安そうにオレの手もとをのぞいてきた。

「うん、バッチリじゃん。すごいよ、マイちゃん」

「わあ、よかった」

「でもこれ、かなり大変だったでしょ」

「うん。家でうんうんうなっちゃった。思ったよりも手こずった。でも、とっても楽しかったよ。こんなふうに演奏するのは初めてだけど、きっと、だいじょうぶだよね」

「だいじょうぶに決まってるよ」

オレは、迷《まよ》わずに言えた。

マイちゃんの本気度があふれてくるように、五線譜《ごせんふ》の上で躍《おど》る音符《おんぷ》たちをながめながら思った。

聞いてもらいたい人がいるから、いっしょうけんめいになれる。発表会の時も合唱《がっしょう》コンの時もそうだった。マイちゃんも、木下さんのために、こうしてまず、楽譜をいっしょうけんめい書いたんだ。

ただ、ひとつだけ気になることがある。マイちゃんのママだ。

マイちゃんはこの前も、「ママには好きにやらせてもらってる」なんてあっさり言ってたけど、マイちゃんは、コンクールをやめてしまったことをちゃんと話したんだろうか。

それをママは、どう思ったんだろう。家でマイちゃんが、苦労して楽譜を書くところは、見ていなかったんだろうか。

オレは、とうとう思いきってきいてしまった。

「マイちゃんのママは、なんて言ってるの？」

マイちゃんは、小首をかしげてさらりと答えた。

「すごーくびっくりされちゃった」

「それは当然おどろくよね。いきなりコンクールをやめちゃったんだから」

「そうじゃないの。ママがびっくりしたのはね。あたしが、木下さんに聞いてもらうためにピアノを弾《ひ》こうとしていること。しかも、タカくんたちといっしょにピアノの演奏《えんそう》をするからだよ。だって、ママは、あたしがずうっと、ひとりで突《つ》っ走るみたいにピアノを弾いているところしか見てこなかったでしょ」

「そういうことか」

明るい笑顔を見て、オレは思った。

マイちゃん、変わったな。

もちろん、前も暗かったわけじゃないけど、なんかこう、雰囲気《ふんいき》がやわらかくなったというか。話していても、自然となごんでくる。

「あたし、できあがった楽譜《がくふ》を弾いて、ママにも聞いてもらったの。そしたら、『木下さんも、きっと喜《よろこ》んでくれるわよ』って言ってくれた。それにね。『そうやって、マイのピアノの世界がどんどん広がっていくといいね』て笑ってた」

オレは、なんだかほっとした。マイちゃんのママは、自分の考えだけを押《お》しつけたり、マイちゃんを放っておくような人ではなかったんだ。

「あたしもね。ドイツでやりたいことをみつけて、今もがんばってるママみたいになりたくなった。響子《きょうこ》先生もそう。胸《むね》を張《は》って、『これが自分の世界です』って言えるようなピアノを目指したい。人の気持ちがわかるようになりたい。前に、ピアノが友だちなんて言ったけど、あんな弾き方をしていたら、ピアノもかわいそうだもんね。あのままじゃ、ゼッタイ仲よしにはなれなかったと思う。だけど、タカくんに言われてようやくわかった。ピアノって、音楽って、だれかと分け合わなきゃもったいない。だから、音が出る。響《ひび》くんだもんね。タカくんのおかげだよ」

「いや、べつにオレはなにも」

この前、がらにもなくコーフンしたことが、不意によみがえって、てれたとたん。

「タカ。なに赤くなってんだよ。そろそろはじめようぜ」

お菓子《かし》を食べおえた光平《こうへい》と彩音《あやね》がやってきた。

「よっしゃ!」

手にした楽譜もはずんで見える。

『天使のささやきに』は、合唱《がっしょう》コンの時、音楽の先生でもある彩音《あやね》の担任《たんにん》の先生が選《えら》んだクラシックを原曲とした歌で、『アヴェ・マリア』に似《に》ている。どこまでも広がる青空に浮《う》かぶ白い雲の上で、天使たちが地上を見おろしながら、無邪気《むじゃき》にささやき合う様子が描《えが》かれた、生命の営《いとな》みを祝福《しゅくふく》する荘厳《そうごん》な歌だ。

合唱コンの時は、それを聞いて楽しむ立場だったけど、今度は、自分たちで表現《ひょうげん》していかなければならない。

オレが弾《ひ》くのは、主に和音《わおん》でリズムをとる低音で、天使たちが舞《ま》う背景《はいけい》となる空の部分だ。マイちゃんは、彩音の歌声を、細やかなタッチで繊細《せんさい》にささえていく高音のメロディーライン。ふたりで、どこまでピアノでシンクロできるだろうか。

覚悟《かくご》を決めて、練習に臨《のぞ》んだというのに。光平《こうへい》が、トライアングルをむやみにかき鳴《な》らして、彩音にさっそくしかられた。

「ふざけてないで自分のパートを確認《かくにん》して。音符《おんぷ》の上に、☆印がついてるところで、たたくんだからね」

「わかってるって。かんたん、かんたん」

やれやれ。光平のやつ。甘《あま》く見ているとあとがこわいぞ。

「ちゃんと楽譜《がくふ》を見なさい。静かな曲なんだから、もっと優《やさ》しく鳴らして。ほら、だめっ。

体は揺《ゆ》らさないっ」

「うへ、サイアク」

トライアングルをさげて、うめいている。

「おい光平。合唱コンの時みたいな雑音《ざつおん》は出すなよ。あれは、サイテーだったぞ」

オレも言ってやったら、光平は、ウシシと頭をかいた。

「げ。まだおぼえてたのかよ。もうわすれてよ。あの時の自分はサイアクだったんだ。あれは、マラカスだったし、今は心を入れかえて、こうしてマジで……」

光平は、きちんと背筋《せすじ》をのばし直すと、トライアングルをそっと鳴らした。

――ティーーーン。ティーーーン。

「その調子！　いいよ、光平」

「音がとっても澄《す》んできたね」

彩音とマイちゃんがほめた。オレもみとめた。まずは、『花丸』をひとつ。

光平は、無邪気に喜《よろこ》びながら、急にしみじみとした。

「トライアングルでも、こんなに奥《おく》が深いんだなあ。たたき方ひとつでいろんな音が出る。気持ちによって音も変わる。目からウロコだ」

「わかったか。音楽をなめんなよー」

わざとにらんだら、光平《こうへい》は、あわててあとずさりした。

「なめません、なめません。タカくんこわーい！」

「そうだ。妥協《だきょう》はゆるさない」

半分じょうだんだったが、光平は真に受けた。目がマジになった。

「わかる。おまえは真剣《しんけん》だもんな。きっと、ピアノが大好きなんだな」

言われてびっくりした。そうか。オレは、ピアノが好きなんだ。ていうか、自分でも気がつかないうちに、いつのまにか好きでたまらなくなっていたのかもしれない。

光平がトラックを走るみたいに、オレは、ピアノに向かうんだ。

「おまえの陸上と同じだよ」

そして、彩音《あやね》も。マイちゃんも。

これが、オレたちの世界だ。

オレたちは、音合わせをくり返した。


帰ってから、家でも練習していたら、背中《せなか》で母さんの声がした。

「そろそろご飯よ。精《せい》が出るわねえ。最近、我《わ》が家のピアノのふたは、あきっぱなしね」

それが、すごく優《やさ》しく響《ひび》いた気がして、オレはふり返った。

母さんから、北海道行きを宣言《せんげん》されたこのピアノ。でも、ここからピアノが消えるのは、オレにはもう、どうしても考えられない。言われてから、ずっと、はぐらかしっぱなしだったけど、自分の気持ちを言葉でもしっかりと伝えなきゃならない。

オレは、両手を合わせて、心から母さんにたのんだ。

「お願《ねが》いします。ピアノをこのままここに置いてください」

すると、母さんは、みょうにとぼけた声を出した。

「あれ？　なんのことかしら」

「だって、そう言ってたじゃん」

母さんは、不敵《ふてき》な笑いを見せた。

「そんなことするわけがないでしょう。このピアノは、タカが小さい時、お父さんをさんざん説得《せっとく》して、ずいぶん長いローンを組んでやっと買ったのよ。それをどうして、わざわざ北海道まで送らなきゃならないのよ」

「えぇーっ。だったらあれはウソだったの？」

オレは、とびあがった。

「《ウソも方便《ほうべん》》よ。タカが全然ピアノを弾《ひ》かないから、あんなふうに言ったらどうするかと思ってね。お父さんとも相談したってわけ」

「やっぱり、ふたりで、オレをだましたんじゃないかっ」

「でも、そのおかげで、タカはこうしてピアノを弾《ひ》いているんでしょ」

うぐぐ。

オレは、母さんたちに調子よく乗せられたってことか。おさまらずにむっとしていたら、たたみかけられた。

「じゃあ、このピアノはいらないの？」

オレは、じたばたした。

「いるいる。ゼッタイいる。だれにも渡《わた》さない！」

「それよそれっ！　わたしはタカに、はっきり言ってほしかったの」

母さんは、ちょっとなつかしそうな目をした。

「タカは、小さいころからピアノが大好きだった。だから、無理してでも買ってあげた。母さんはね。子どもの時から、好きで打ちこめる得意《とくい》なことが特にはなかったから、自分の子どもが、もしそれをみつけたら、ずっと続けてほしいと思っていたの。だけど、タカは、いつのまにやらあんな調子でだらけてばかり。それでとうとう最後の手段《しゅだん》に出たのでした。北海道のおばさんとは、確《たし》かにピアノの話はしたわ。でもそれは、どんなピアノがいいかしら、って相談だったから、アドバイスをしただけよ」

なあんだ。と納得《なっとく》するには、あまりにも綿密《めんみつ》にしくまれた話だった。だけど。ピアノをやめなくてよかった。そのおかげで、自分がピアノが好きだって言えるところまで、ようやくたどりつけたんだ。ここまでの時間をくれた母さんには、感謝《かんしゃ》しなきゃバチが当たる。

「ありがとう、母さん」

オレは、心からお礼《れい》を言った。

そうだ。父さんにも言わなくちゃ。

つぎの朝、オレは、いつもよりも早く起きて、会社に行く前の父さんをつかまえた。

「父さん、ありがとう。ピアノを今まで通り、ここに置いてくれる、って母さんが言ってくれたんだ」

父さんは、食卓《しょくたく》で読んでいた新聞から目を離《はな》してオレを見た。

「わかってるって。おまえはピアノが好きなんだろ。それもおまえの個性《こせい》のひとつだと思ってつき合っていけばいい」

さすが、父さんは、太《ふと》っ腹《ぱら》だ。でも、オレは、ちょっと気になった。前に言ってたマッサージチェアのことだ。

「あれは、もういいの？　オレ、肩《かた》でも揉《も》もうか？」

父さんは、ニヤリとした。

「お。それもいいな。でもほら。最近、近所に《マッサージどころ》ができたのを知ってるか。母さんが、小遣《こづか》いをちょっと増《ふ》やしてくれたんで、たまに行ってるんだ。気持ちいいぞー」

「そうなんだ。よかった」

ほっとしたら、父さんはまた笑った。

「なあタカ。おれはいつも仕事で聞きに行けないだろ。だから、母さんが発表会や合唱《がっしょう》コンのおまえの演奏《えんそう》を録音してくれてたんだ。おまえのピアノは、なんていうか、じつに優《やさ》しい音がする。おれは期待《きたい》しているんだぞ。マッサージチェアよりも、おまえのピアノで疲《つか》れを癒《いや》してくれればいい」

「そうよ。わたしも癒されたいわあ」

「わかったっ。ありがとう」

オレは、何度でも言いたい気持ちでいっぱいになった。

「ありがとう。父さん。母さん。ありがとう」

リビングにさしこむ朝の日ざしが、オレのピアノを明るく照《て》らした。

12. 四重奏《カルテット》とシュトーレン

オレたちの演奏も、すっかり息が合ってきた。

歌とトライアングルとピアノ。オレたち四人で作りあげてきた『天使のささやきに』だ。光平《こうへい》は、じっとして立っていられるようになって、地上から大空に響《ひび》きわたる教会の鐘《かね》の音を鳴《な》らせるようになった。彩音《あやね》さまも大満足だ。オレも、光平に特大の『花丸』をあげたい。

彩音の声には、さらに磨《みが》きがかかってきた。のどのためにと、ハチミツ入りのどアメは、欠《か》かさない。オレンジジュースも、のどをきれいな状態《じょうたい》に保《たも》つとかで必需品《ひつじゅひん》だ。光平にがぶ飲《の》みされて目くじらを立てたけど、歌いはじめると声だけは（ごめん！）天使に変身だ。透《す》きとおってよく通るビブラートに吸《す》いこまれそうになる。

オレも、めいっぱい練習したかいがあった。マイちゃんが言ってくれた。

「タカくんの音を聞いていると、安心できる」

オレも、マイちゃんのピアノは、まあるく優《やさ》しくなったと感じる今日このごろだ。心にそっと入ってきて、すうっととけ合えるんだ。

天使が舞《ま》う大空を、ふたりのピアノの音色が奏《かな》でる。

曲が丸ごと、オレの中に入りこんだ。弾《ひ》きたくてうずうずしてくる。

目標《もくひょう》にしていた三週間がたった。これで、だいじょうぶだと四人で確認《かくにん》しあった。

「じゃあ、いつにする?」

オレたちは、木下さんちへ行く日を決めた。


十二月に入って最初の金曜日。

木枯《こが》らしが、校庭に砂《すな》ぼこりを舞いあげる放課後《ほうかご》、オレたちはとなり町へ向かった。

「いなかったら、どうしよう」

風の中で、マイちゃんは心配そうに、赤い手ぶくろをした両手をほっぺたに当てたけど、だいじょうぶだ。このところ、光平《こうへい》と交替《こうたい》で、木下さんちの様子をうかがってきた(ピンポンダッシュもしてみた)。この時間はいる、はずだ。

のどアメを口に放りこんでから、マスクをした彩音《あやね》も、コーフンをかくさない。

「木下さん、いきなりでおどろくだろうねえ」

「おー、ドッキリ四重奏《カルテット》だー」

光平が、向かい風をものともせず、とっとこ先頭をかけていく。

杉山《すぎやま》神社の宮司《ぐうじ》さんから住所を教えてもらってから、初めて木下さんの家をたずねた時よりも、午後の日ざしは確実《かくじつ》に弱い。季節は、どんどん変わっている。乾《かわ》いた初冬の気配《けはい》が、坂道《さかみち》の住宅街《じゅうたくがい》にもただよっている。どこから運んできたのか、枯《か》れ葉《は》を巻《ま》きあげながら吹《ふ》きつける強い風に、オレは、ブルッとした。これから、ピアノを弾くんだ。手を息であたためながら、道を歩いた。

坂道を上がって、木下さんの家まで来た。

葉っぱを落としたバラの木がある玄関脇《げんかんわき》まで行くと、よしっ。顔を見合わせた。

「マイ、お願《ねが》い」彩音にうながされて、マイちゃんは、息をひとつはいた。手ぶくろの人差し指でブザーを押《お》した。

中のほうから気配が近づいてくるのを、ドキドキしながら待《ま》った。

――どなたかな。

「マイです」

――あ。

ひとつ間を置いた声が聞こえて、ドアがあいた。

木下さんは、マイちゃんを見て、身をちぢめた。

「……この前は、いやな思いをさせて、すまなかったね」

「あたしこそ、木下さんの気持ちも考えないでいろいろと言っちゃった。ごめんなさい」

「いやいや、親の身勝手な思いばかり並《なら》べてしまったわたしが悪かった」

うつむきがちに答えてから、木下さんは、オレたちを招《まね》きいれた。

「今日は、冷えるね。さ、入りなさい」

うす暗い廊下《ろうか》のつきあたりにある居間《いま》を、赤い電気ストーブがあたためていた。がらんとした雰囲気《ふんいき》は、この前とおんなじだったけど、テーブルの上に、ふと目が留《と》まった。

細長い箱《はこ》がひとつ置かれていた。あけたばかりだったのか、木下さんは、赤い包装紙《ほうそうし》をたたみながらおずおずとした。突然《とつぜん》来たオレたちに、とまどっているようだ。

「わざわざ来てくれたのは、うれしいが……」

「あたしたち、演奏《えんそう》をしに来たんだよ」

今度はいきなり、マイちゃんから笑顔で言われて、木下さんは、やっぱりわけがわからないみたいだ。一瞬《いっしゅん》、あっけにとられて、口をあんぐりとあけた。

「演奏？　またどうして？」

「木下さんに聞いてほしいって思ったから」

木下さんは、ますます目を白黒させた。光平《こうへい》がさっき言ったとおり、これは、『ドッキリ四重奏《カルテット》』だ。こんなにおどろくなんて、想定外かも。

木下さんは、オレたちをまじまじとみつめながら、たどたどしくききかえした。

「わたしのために、きみたちが、演奏してくれるって、言うのかい？」

「はいっ」

オレたちは、そろって返事をしてから、行動に移《うつ》った。

さあ、準備《じゅんび》だ。

まずは、ピアノだ。木下さんの大切なピアノのふたを、勝手にあけるわけにはいかない。

オレは、まだおろおろしている木下さんにきいた。

「木下さん、ピアノを借りてもいいですか？」

「ああ、もちろんかまわないが。なにかね。きみたちは、本当にここで演奏を？」

「うん。木下さんは、ここにすわってて。ねっ」

マイちゃんに、手をさしのべられるまま、木下さんは、よろよろとソファに体をうずめた。まだあっけにとられたように、こちらの様子をうかがっている。

オレたちは、壁《かべ》ぎわの古めかしいピアノに近づいた。

木下さんは、少しおちついたのか、ソファにきちんとすわりなおしている。

マイちゃんが、なにやら手渡《てわた》した。

「これ、どうぞ」

うす青色のきれいな紙に手書きされた、今日のプログラムだった。

びっくりするオレたちのところへ来て、マイちゃんは、いたずらっぽく笑った。

「ナイショで作ったの。だって、コンサートでしょ。みんなの紹介《しょうかい》も書いたよ。お客さまは、たったひとりだけどね」

木下さんは、今はゆったりとソファにすわって、プログラムに目を通している。もうすっかり、始まりを待《ま》つ観客だ。

「マイ。ナイスジョブ！」

光平《こうへい》が、親指を立てた。


オレは、マイちゃんと並《なら》んで長イスにすわり、ふたをあけた。楽譜《がくふ》を立てて、鍵盤《けんばん》に向かい、試しに音を出してみた。

見た目は黄ばんだ鍵盤だけど、木下さんは、ずっと手入れを怠《おこた》らなかったんだろう。タッチも軽くて、響《ひび》きもいい。指によくなじんでくる。

「弾《ひ》きやすいね」

マイちゃんも、そっとつぶやいた。

ピアノの両側に、彩音《あやね》と、トライアングルを手にした光平が立った。

彩音が、こっちに合図をしてから、木下さんに向かっておじぎをした。

「では、聞いてください。曲名は『天使のささやきに』です」

オレは、鍵盤に神経《しんけい》を集中した。前奏《ぜんそう》はオレからだ。両手で和音《わおん》を低く響かせると続いてマイちゃんが弾きはじめた。高音と低音が静かにシンクロしながら、ゆったりと流れだす。オレたちふたりのピアノの旋律《せんりつ》に乗せて、彩音の歌が語りかけるようにはじまった。

♫ 大空に浮《う》かぶ白い雲間から　大地にふりそそぐ日の光
鐘《かね》の音に祈《いの》りを乗せて　そっと目をとじれば
聞こえくる天使のささやきに
地上にふりつもる悲しみは消えて　喜《よろこ》びに心ふるわす……。

澄《す》んでよく通る、そして、やわらかな声が広がっていく。

光平のそうっとたたくトライアングルが、ときどき長く重なり合っては空気を揺《ゆ》らす。

オレたちは、たがいの音に耳をすませて、確《たし》かめ合いながら、ひとつのメロディを追いかけていった。

マイちゃんの白くて長い指が、オレと並んで鍵盤を行き交う。

いっしょに弾《ひ》きながら、オレは、初めての不思議な感覚にとらわれていた。

初もうでに行った日。マイちゃんが持ってきたシュトーレンを、みんなで食べているところへ、偶然《ぐうぜん》現《あらわ》れたおじいさん。それが、だれかもわからない時間の中で、オレたちは、それぞれに、とまどったり、悩《なや》んだり、心配したりしてきた。そのおじいさんの家で、今こうして演奏《えんそう》するなんて、いったい、だれが想像《そうぞう》しただろう。杉山《すぎやま》神社の神さまさえ、たぶん予想もしなかったはずだ。

だけど、この小さな奇跡《きせき》を呼《よ》びおこしたのは、まちがいなく、ここにいるオレたちだ。マイちゃんがピアノを弾き、オレがピアノを弾き、彩音《あやね》が歌い、光平《こうへい》がトライアングルを鳴《な》らす。それを聞いてくれる木下さんがいる。

すべてをつないだのは、音楽の力だ。

伝えたい思いが、それぞれの音色になる。鼓動《こどう》のように響《ひび》き合って、さっきまでがらんとしていたこの部屋いっぱいに広がっていくんだ。

どうか、木下さんの胸《むね》まで届《とど》きますように。

心をひとつにして、オレたちは音を奏《かな》でた。


ぱち、ぱち、ぱち。

拍手《はくしゅ》が鳴りだした。

ぱちぱちぱち、ぱちぱちぱち、ぱちぱちぱち……。

「ありがとう。すばらしい演奏だった」

くしゃっと笑った木下さんのしわだらけのほっぺたを、涙《なみだ》がひとすじ流れる。

それだけで、じゅうぶんだった。

まだ続く拍手の響き。楽譜《がくふ》をかさりととじる音。ピアノのふたを静かに閉《し》める音。並《なら》んでおじぎをしたマイちゃんと彩音と光平のかすかな息づかい……。

しばらくの間、オレは、演奏を終えた余韻《よいん》をかみしめた。

「木下さん。涙が出てるよ、はい」

マイちゃんが、ハンカチをさしだした。

「すまないね」

目もとをぬぐったあとの木下さんの顔は、見ちがえたように、すがすがしく見えた。テーブルの上にある箱《はこ》へ両手をのばした。

「ちょうど今日、届いたんだ」

中から出したのは、なんと透明《とうめい》なラッピングに赤いリボンがかけられたシュトーレン！

「娘《むすめ》さんからだねっ」

マイちゃんが、声をあげると、木下さんは、さりげなく言った。

「みんな、おなかが空いただろう。これ、食べないか」

「食べる食べるっ」

「光平《こうへい》ったら。ほんと、食い意地がはってるんだから」

あきれつつも彩音《あやね》は、てきぱきと動きはじめる。

「おさらを用意しますね、木下さん。お茶はどうしますか？」

「みそ汁《しる》じゃだめかい？　ちょうど作っていたんだが」

「なんか合わない気もするけど」

「でも、甘酒《あまざけ》よりもいいんじゃない？」

マイちゃんがじょうだんめかす。

「そうだね。ま、いっか」

切り分けられたシュトーレンの横には、カップに入ったみそ汁が並《なら》ぶ。

なんだかへんてこなドイツと日本の味の架《か》け橋だけど。お茶会がはじまった。

「ヤバっ。さすがプロのパン屋さん」

光平は、シュトーレンにぱくつきながら、みそ汁もズルズルする。

「なんたって、ドイツ直輸入《ゆにゅう》だもんね。うーん。食べごろでいい感じ」

「ほんとだねえ」

彩音もマイちゃんも、さくっとほおばった。

「確《たし》かにっ」オレも味わった。

ところが、木下さんは、シュトーレンを持ったまま、まじまじとながめているだけだ。

オレたちは、目と目を合わせた。あぁしてためらっている木下さんの背中《せなか》を押《お》せるのは、オレたちしかいない。みんなで、口々に言いあった。

「おいしいね」「うますぎる」「ほっぺたが落《お》ちそう」「ねえ、木下さんも。おいしいよ」

「そう、かい？」

もう仕方ないって感じの言い方とは裏腹《うらはら》に、木下さんはついに、シュトーレンをゆっくりと口へ運んだ。

「さっくりとして、やさしい味だね。うん。おいしい」

「ほーら、あたしたちが言った通りでしょう」

マイちゃんが目をまるくしてほほえむと、木下さんは、晴れ晴れと返した。

「もっと早く食べるべきだったな。ずっと、つまらない意地を張っていたせいで、もったいないことをしていたものだ。うむ。じつにうまい」

それから、言いたした。「ドイツの娘《むすめ》には連絡《れんらく》するよ。とてもおいしかった、てね」

「うんっ」

マイちゃんの声がはじけた。

シュトーレンをたいらげて、オレたちは、あと片《かた》づけを始めた。

オレは、心もお腹《なか》もいっぱいになっていた。音楽とシュトーレン。両方味わえて、幸せな気分だ。

光平《こうへい》が、「なにこれ？」。すっとんきょうな声をあげた。シュトーレンが入っていた箱《はこ》の底《そこ》から、一枚《まい》の写真をみつけたんだ。

渡《わた》されて、じいっと見入る木下さんを、オレたちは囲《かこ》んだ。

そこに写《うつ》っていたのは、ピアノを弾《ひ》く黒髪《くろかみ》の女の人と、そのそばでバイオリンをかまえるひょろりと背《せ》の高い外国の人だ。裏《うら》には、細くてきれいな文字が書かれていた。

『お父さんへ。
お元気ですか？
わたしたちも、ようやく今こうして
演奏《えんそう》を楽しむ日々を過《す》ごしています。
シュトーレンとともに、感謝《かんしゃ》の気持ちを贈《おく》ります。

クリスマス間近のベルリンより』

「娘《むすめ》さんもドイツの彼《かれ》も。ちゃんと弾いてるじゃん」

「ほんと。忘《わす》れていなかったんだ、音楽を」

光平と彩音《あやね》がうなずき合う。

マイちゃんが、木下さんにささやきかけた。

「お父さんに、演奏も聞いてほしかったんだね」

「ああ……」

また目をうるませる木下さんから、オレは写真を受けとり、ピアノのところまで行った。

娘さんは、確《たし》かにマイちゃんに感じが似《に》ているかもと思いつつ、古い家族写真の間に、笑顔で音を奏であうふたりの新しい写真を並《なら》べて飾《かざ》った。

部屋の中が、ぐんと明るく、あたたかさを増《ま》した。

帰り際《ぎわ》、玄関《げんかん》先で、木下さんは、あらたまった表情《ひょうじょう》になった。

「今日は、すてきなコンサートを開いてくれて、本当にありがとう。すばらしい四重奏《カルテット》だった。胸《むね》が熱くなった」

「木下さんのハートに火がついてよかったぜ。あ」

いきなり光平《こうへい》が、木下さんの顔をじっと見つめた。なにごとだ。

「口にまだシュトーレンがついてる。ほら、ここ」

手をのばして、かけらをとってあげた。

「まったく世話のやけるじいさんだぜ」

「光平には言われたくないし。ねえ、木下さん」

「うるせー」「おだまりっ」

光平と彩音《あやね》のかけ合いを、木下さんもおもしろそうに見ている。

「いいコンビでしょ」

マイちゃんが言うと、こっちを見くらべた。

「そういうマイくんたちだって。息が合っていて、じつによかったぞ。あの連弾《れんだん》」

「ほんとに？　やったね、タカくん」

マイちゃんは、オレの手をとり、ぴょんとはねた。

うわ。マイちゃんの手って。細くてやわらかくて。しかもとびきりあたたかい。

初めて触《ふ》れたマイちゃんの手からの熱が、オレの胸《むね》いっぱいにじんじんと伝わってくる。

まずい。どうしよう。顔まで押《お》しよせてきた。

間髪《かんはつ》をいれず、彩音にからかわれた。

「あー、タカくん、赤くなってる。さては、マイのことが」

「そ、そんなんじゃないっ」

木下さんが笑った。

「いつでもいい。また、ピアノを弾《ひ》きに来てくれないか。待《ま》ってるよ」

「うん。タカくん、来ようね」

マイちゃんが笑った。

外はすっかり暗くなっていた。

風はもう止んでいて、空気がしんと冷えている。

外灯《がいとう》が、オレたちの影《かげ》を、歩道にくっきりと映《うつ》している。その影のひとつが、いきなり走りだしたかと思うとさけんだ。光平だ。

「火のよーじん」

どこに隠《かく》し持っていたのか、トライアングルを乱打《らんだ》しはじめた。

――チン。チン。チーン。

「わ、光平。やめなさい」

彩音《あやね》が耳をふさいだけど光平《こうへい》はやめない。トライアングルをぶらさげて走りだした。

「ここまで、おーいで」

――チーン。

「こら、待《ま》てーっ」

――チン。チーン。

「あいつら、あきずによぅやるわ」

「でも、楽しくていいな」

マイちゃんは、オレを見た。

「四人でいっしょに練習をして、みんなの音が、よぉく聞こえてきた。木下さんにも喜《よろこ》んでもらえた。あたしはもう、ひとりじゃないって思ったよ」

ひとりなわけない。ピアノみたいに響《ひび》きあえたら、その時はもう。

てれくさかったけど、オレは言った。

「だって、友だちじゃん」

「そうだねっ」

マイちゃんは、大きな瞳《ひとみ》をキラキラさせた。

「今日はいい日だった。娘《むすめ》さんからシュトーレンも届《とど》いたし。それに写真まで」

「あんな偶然《ぐうぜん》てあるんだな。ホントおどろいた」

「神さまのおかげだよ。縁結《えんむす》びの神さまが、木下さんと娘さんをつないでくれたんだね」

いや。ふたりをつないだのはマイちゃんだ。

と、言う前に、先を越《こ》された。

「あたしね。おまいりに行ったの。木下さんと娘さんが仲直《なかなお》りできますように」

なんと。マイちゃんが、神さまにお願《ねが》いしたって？

前には、神さまに頼《たよ》らない、って言ってたマイちゃんが、自分から行くなんて思ってもみなかった。でも、そんなマイちゃんのほうが、オレは、ずっと好きだ。

なんて、考えてしまった自分にてれていたら、またおどろかされた。

「そうだっ。行こうよ、お礼《れい》まいり」

マイちゃんは、のびやかに声をはりあげた。

「彩音ー。光平くーん！」

ポニーテールを揺《ゆ》らしながら、坂道《さかみち》をぐんぐん走りだした。

ねえ、マイちゃん。もう暗いよ。今からお礼まいりじゃ、まるでキモだめしじゃん。

でも。

オレたち四人。

今年のはじめ、初もうでに行った時とは、きっと全然ちがうはずだ。

よおし、行くぞ、杉山神社《すぎやまじんじゃ》。行ったら神さまに、迷《まよ》わずに言える。

――オレは、これからも、ずうっとピアノを弾《ひ》いていきます。だから、しっかりと見ていてください。オレは、音楽が大好きです。

「タカくんっ。早く早く!」

ふりむいたマイちゃんが、オレを呼《よ》んだ。

さっきまで吹《ふ》いていた強い風が、雲を吹きとばしたんだろう。どこまでも澄《す》みわたった広い空の真ん中に、昇《のぼ》りたての冴《さ》えた満月が輝《かがや》く。

吐《は》く息は白いけれど、全然寒くない。

思いきり息を吸《す》いこんで、オレは、目の前に続くまっすぐな長い坂道《さかみち》を走りだした。


(了)

あとがき

「継続《けいぞく》は力なり」よく聞く言葉です。続けることで自分の実になる、という意味ですが、「これをやりたい」――自分の目標《もくひょう》を早くから決めるのは、なかなかむずかしいものです。

この作品の主人公のタカくんは、四歳《さい》から習ってきたピアノが、だんだん面倒《めんどう》になり、先生から「あなたのピアノはちっとも楽しそうじゃない。音楽の反対で『音苦《おんく》』ね」と言われてしまいます。そこから、自分自身への問いかけがはじまりました。

なぜ、ピアノを弾《ひ》くんだろう。音楽って、なんだろう。

答えは、なかなかみつかりませんが、発表会、合唱《がっしょう》コンクールなど、さまざまな経《けい》験《けん》や出来事を通して、ピアノや音楽への思いが少しずつ見えてきます。

わたしも、四歳からピアノを習いはじめました。十五歳まで続けましたが、音楽よりも国語が好きだったので、高校では短歌を詠《よ》み、大学では文芸部に入りました。そして自分が一番好きなこととして、児童文学作家を目指すようになったのです。

でも、作品を世に出すには、多くの人の手助けがなくてはできません。

この本も、わたしを支《ささ》え、愛情《あいじょう》と熱意《ねつい》をもって取りくんでくださった編集《へんしゅう》の板谷ひさ子さん、イラストレーターの熊本奈津子《くまもとなつこ》さん、デザイナーの梅井靖子《うめいやすこ》さんという息もぴったりな『四重奏《カルテット》チーム』の力があったからこそ産声《うぶごえ》をあげることができました。こんな時、わたしはまわりの方たちに感謝《かんしゃ》しつつ、こうして好きなことを続けられる幸せをしみじみと感じます。

みなさんも、なにかをしたい、あるいは、なにもやりたいことがない、胸《むね》の中がもやもやすることがありませんか？　そんな時は、一度立ち止まって、自分の心の音に耳をすませてみてはどうでしょう。

一番やりたいことはなに？　ちょっとでも気になるものはなに？

初めは、ほんの小さな芽《め》かもしれません。一度でだめだったら何度でもさがせばいいのです。続けていくうちに、自分にとって、なくてはならないものに思えてきたら、もっとふくらませて、どんどん追いかけたくなるはずです。

好きだから続ける。あきらめないで続ける。その先にあるのはきっと、将来《しょうらい》への夢や希望への扉《とびら》です。自分自身を大きく形づくっていくものです。

今、十二歳のきみの思いが、どうか大切に育ちますように。

二〇一七年　十一月　　　　横田　明子

横田明子（よこた・あきこ）

第13回ニッサン童話と絵本のグランプリ、童話部門大賞受賞作『ば、い、お、り、ん』（BL出版）でデビュー。作品に『「遺伝子組みかえ」だいさくせん』（くもん出版）、『カホのいれかわり大パニック』（岩崎書店）、『ぼくらやまがみてんぐーす』（PHP電子）など。日本児童文芸家協会会員。ピアノの音色に乗せて主人公たちの思いを届けたい、との願いを胸に初の長編に挑む。川崎市在住。

物語の王国Ⅱ　11
四重奏《カルテット》デイズ

2017年11月30日　第1刷発行

作　者　横田明子

発行者　岩崎夏海　編集 板谷ひさ子
発行所　株式会社岩崎書店
〒112-0005　東京都文京区水道1-9-2
電話　03(3812) 9131(営業) 03(3813) 5526(編集)
振替　00170-5-96822
印　刷　三美印刷株式会社
製　本　株式会社若林製本工場

ISBN 978-4-265-05791-7　NDC913
192P　19cm × 13cm

Published by IWASAKI Publishing Co., Ltd.
Printed in Japan

落丁本・乱丁本は小社負担でお取り替えいたします。
E-mail:hiroba@iwasakishoten.co.jp
岩崎書店 HP:http://www.iwasakishoten.co.jp